Frank Sachau

Norddeutschland

Die schönsten Motorrad-Touren Band 1

MTM
MOTOURMEDIA

Norddeutschland

Die schönsten Motorrad-Touren

Autor Frank Sachau

Mit einem einfachen „Moin", dem typisch norddeutschen und zu jeder Tageszeit passenden Gruß, macht man hier, im Hohen Norden Deutschlands, nichts verkehrt. Wer als weltoffener Motorradreisender zwischen den Ems- und Odermündungen, der Wikingersiedlung Haithabu an der Schlei und dem Bikertreff Torfhaus im Harz unterwegs ist, wird reizvolle Tourenregionen jenseits jeglicher Hektik entdecken. Und die typischen Vorurteile aus dem Weg räumen.

Da wäre das Wetter: stets launisch und windig. Doch was ist langweiliger als ein blauer Himmel? Dann das Land: Flach und kurvenarm. Okay, es gibt Gegenden, in denen mit extra großen Warnschildern auf eine Biegung hingewiesen wird. Und zu guter Letzt die Menschen: kühl und einsilbig. Norddeutsche brauchen halt etwas länger, um auf Betriebstemperatur zu kommen. Dafür halten diese Freundschaften oft ein Leben lang.

Wer wie ich im Herzen der Holsteinischen Schweiz zuhause ist, erreicht in weniger als 30 Minuten die weiten Sandstrände der Hohwachter Bucht und in nicht mal zwei Stunden das von den Gezeiten geprägte Wattenmeer der Nordsee. Ostfriesland, der Harz sowie die Ostseeinseln Rügen und Usedom sind eine bequeme Tagesfahrt entfernt.

Bei den Windgesichtern

Die niedersächsischen Küstenregionen laden zu entspanntem Bummeln zwischen Mühlen und Mooren, Kähnen und Kuttern ein. Wo einst der berüchtigte Freibeuter Störtebeker anlegte, werden heute leckere Fischbrötchen serviert. Wer einen Blick über die mächtigen Deiche wirft, wird je nach Tageszeit mal Wasser und mal Schlick sehen. Dann die Augen schließen, den kreischenden Möwen zuhören und die würzige Salzluft tief inhalieren …

Während sich Schleswig-Holstein seit Kurzem als „Der echte Norden" bezeichnet, bleibe ich lieber bei „Das Land zwischen den Meeren". Zusätzlich vom Strom der Elbe und der dänischen Grenze eingerahmt, ergibt das ein herrliches Terrain zum Motorradwandern. Allerfeinste Straßen verbinden die tiefste deutsche Landstelle mit dem Bungsberg, dem 168 Meter hohen „Gipfel" des nördlichsten Bundeslandes. Wer auf dicke Pötte und Seefahrt steht, ist mit einem Bummel zwischen Kieler und Flensburger Förde gut beraten.

Gen Osten reihen sich historische Hansestädte wie Lübeck, Wismar, Rostock, Stralsund und Greifswald entlang der Küste auf. Seetüchtige Schiffe, sichere Häfen und erfolgreiche Kaufleute waren die Garanten für freien Handel in der Nord-Ostsee-Region. Das mittelalterliche Bündnis verging, die reich verzierten Backsteinbauten überdauerten bis heute. Auf den Sonneninseln Rügen und Usedom lässt man das Motorrad gerne mal stehen und gönnt sich einen Strandtag. Egal, ob in den Wogen, auf den Promenaden oder Seebrücken.

Vom Meer ins Mittelgebirge

Am Südende der norddeutschen Tiefebene sind das Weserbergland und der Harz voralpine Trainingsgebiete, die bei den Zweiradkollegen großen Anklang finden: deftige Höhenunterschiede, Kurven aller Güteklassen, gut besuchte Bikertreffs und Wirte, die ein Herz für Motorradfahrer haben. Die märchenhafte Region entlang der Weser und das sagenumwobene Terroir um den Brocken bieten ungetrübten Fahrspaß für mehrere Tage.

Merke: Wind ist erst, wenn Deichschafe keine Locken mehr haben! ◂

Norddeutschland – Die schönsten Motorrad-Touren
BAND 1 ist eine Produktion von

MoTourMedia e.K. • Inh. Stephan Fennel
Hastener Straße 140 • 42349 Wuppertal
T +49 (0)2 02 94 60 02 26 • F 94 60 02 29
verlag@motourmedia.de • www.motourmedia.de

Neuauflage 2021
 • ISBN 978-3-939997-41-2

Kartenbasis
© 123map; Daten: OpenStreetMap; Lizenz ODbL 1.0

Text & Bild
Frank Sachau; Stephan Fennel (Bilder S. 51)

Layout | Routen-Kartographie
Stephan Fennel

Kontakt
leserservice@motourmedia.de

Webshop
www.tourershop24.de

Hinweis
Namentlich gekennzeichnete Beiträge von Mitarbeitern geben nicht unbedingt die Meinung der Redaktion oder des Herausgebers wieder. Sämtliche Informationen wurden nach bestem Wissen recherchiert; für die Richtigkeit dieser Informationen kann jedoch keine Gewähr gegeben werden.

INHALT

ÜBERSICHTSKARTE NORDDEUTSCHLAND 8

1 EMSLAND
UNBEKANNTES LAND 10

2 OSTFRIESLAND
FRIESEN-MISCHUNG 22

3 ELBE-WESER
IM NASSEN DREIECK 34

4 LINKS UND RECHTS DER UNTERELBE
FRISCHE BRISE 46

5 ANGELN UND SCHWANSEN
WIND-GESICHTER 58

6 OSTHOLSTEIN UND INSEL FEHMARN
REIF FÜR DIE INSEL 70

7 MECKLENBURGER BUCHT
KÜSTEN-SEGLER 82

8 RÜGEN UND USEDOM
WINDS-BRÄUTE 94

9 WESERBERGLAND
LÜGEN-GESCHICHTEN 106

10 SOLLING, VOGLER UND WESTHARZ
DREI-KLANG 118

REGISTER
STÄDTE UND ORTE 128

GPS-Daten zum Download: www.alpentourer.de/tourentipps

TOURGUIDE ÜBERSICHTSKARTE

Norddeutschland

Die schönsten Motorrad-Touren

Unbekanntes Land

Es geht auf Entdeckertour entlang der Ems, vorbei an großen und kleinen Steinen, stolzen Mühlen und geheimnisvollen Mooren bis in Deutschlands letzte Grafschaft.

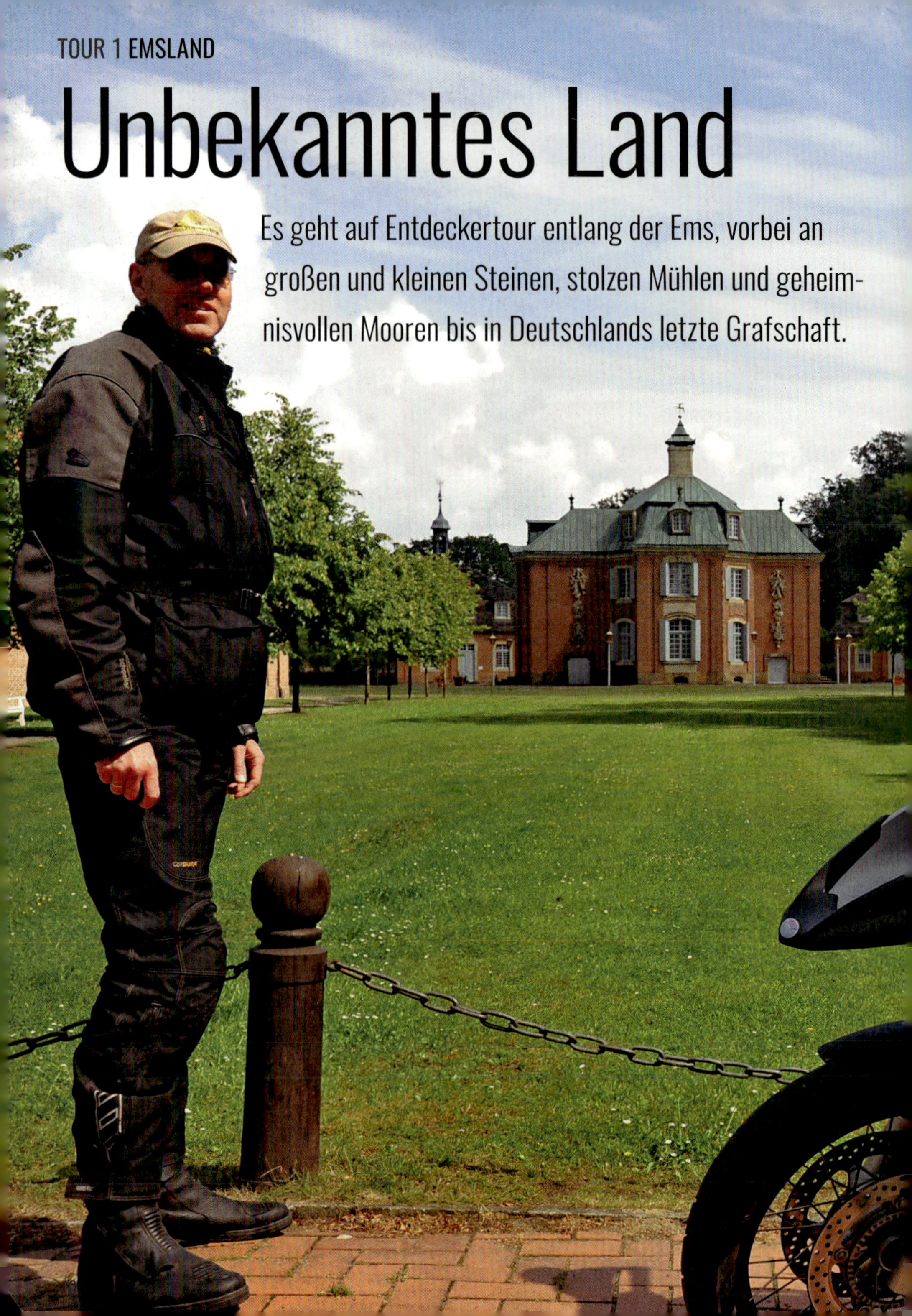

Kurfürst Clemens August von Bayern ließ im 18. Jahrhundert das Jagdschloss Clemenswerth errichten.

Die Stadt Papenburg im nördlichen Emsland ist vor wenigen Jahren durch die auf der Meyer-Werft erbauten, gigantischen Kreuzfahrtschiffe weltbekannt geworden. Es ist immer wieder ein Ereignis, das Tausende von Seh-Leuten anlockt, wenn ein neuer, überbreiter Ozeanriese auf der schmalen Ems in Richtung Nordsee entlassen wird.

In Aschendorf, südwestlich von Papenburg, stoßen wir auf die wenig bekannte und leider auch nicht ausgeschilderte Westerwolde-Hümmling-Route, die weite Gebiete links und rechts der Ems, sowie die Niederlande mit Deutschland verbindet. Weite Agrarflächen, wenig Einwohner, niedrige Bäume und wilde Moore prägen diese Region.

Klappbrücken und Schleusen prägen die Wasserläufe in der Region.

Auf unserem Weg nach Surwold queren wir den Küstenkanal, der seit den 1930er Jahren auf rund 70 Kilometern die Schifffahrt zwischen Ems und Weser ermöglicht. Bedeutend jünger ist das nur wenige Fahrminuten entfernte ATP-Gelände. Auf einer der modernsten Teststrecken der Welt können auch Privatfahrer an Motorrad-Fahrsicherheitstrainings teilnehmen.

Vorbei am Windelberg

Deutlich schneller als ein Motorrad ist die Magnetschwebebahn Transrapid unterwegs, die auf der benachbarten Versuchsanlage Geschwindigkeiten bis zu 450 Stundenkilometer erreichte. Später kommen wir am Windelberg vorbei, der – Gott sei Dank – nicht aus übel riechenden Hinterlassenschaften niedersächsischer Babyserwachsen ist.

Bis Harrenstätte werden die aus Eichen, Buchen und Nadelhölzern bestehenden kleinen Wälder dann zahlreicher und dichter, und langsam erhebt sich die Hügellandschaft Hümmling auf dann doch stolze 73 Meter über den Meeresspiegel.

Kein Geringer als Kurfürst Clemens August von Bayern ließ sich

im 18. Jahrhundert in Sögel das heute noch sehenswerte Jagdschloss Clemenswerth errichten: Nicht nur die Anordnung der einzelnen Bauten (rund um den Schlossplatz gruppieren sich sternförmig Pavillons und eine Kapelle), sondern auch seine Ausstrahlung verliehen ihm den Beinamen „Stern des Emslandes".

Nach einem kurzen Spaziergang durch die weitläufige Anlage setzen wir unsere Entdeckerreise fort; eine kurvenreiche Etappe lenkt davon ab, dass Sögel in unseren Rückspiegeln immer kleiner wird.

Neben dem Höhenzug Hümmling wartet mit der im Südosten zu findenden Ankumer Höhe ein weiterer Bergrücken auf unseren Besuch. Beide Kleinstgebirge lassen sich wunderbar auf einem Teilstück der Straße der Megalithkultur miteinander verbinden. Diese erstreckt sich von Oldenburg bis nach Osnabrück und tangiert mehr als 70 steinzeitliche Großsteingräber. Die langgezogene Erhebung ragt bis zu 140 Meter aus dem norddeutschen Tiefland empor und verbirgt sich unter einem dichten Pelz dunkler Buchenwälder.

Pause am Artländer Dom

Mittendrin stoppen wir an der Ankumer Pfarrkirche St. Nikolaus, die im Volksmund wegen des beeindruckenden Kirchturms auch Artländer Dom genannt wird. In der näheren Umgebung bewegten unsere Urzeit-Vorfahren mit bloßer Muskelkraft riesige Granitblöcke und schufen aus den unbehauenen Findlingen Norddeutschlands erste Bauwerke, die sogar älter als die Pyramiden sind.

Apropos: Ägypten ist ja gar nicht weit entfernt, daran kommen wir

Das markante Wahrzeichen Ankums ist die Pfarrkirche St. Nikolaus.

ohne Umweg vorbei! Der nur wenige Häuser umfassende Flecken gleichen Namens liegt an der B 218 zwischen Ueffeln und Merzen und kann gefahrlos besucht werden, denn der mysteriöse Fluch der Pharaonen reicht nicht bis ins Emsland.

Letzte deutsche Grafschaft

Aus jener flachen Landschaft scheint die Lingener Höhe besonders steil emporzuragen, als wir von der historischen Hansestadt Fürstenau am 91 Meter hohen Windmühlenberg vorbei zischen. Nach der Speller Aa und dem Dortmund-Ems-Kanal erreichen wir wieder die Ems, der wir auf der herrlich gewundenen Etappe zwischen Leschede und Bexten nur allzu gern Gesellschaft leisten.

Eine charaktervolle Landstraße führt uns dann durch bäuerliches Grün und über die mäandernde Ems nach Schüttorf. Der Ort gilt als älteste Stadt des Landkreises, der allen Reformen zum Trotz die letzte verbliebene Grafschaft Deutschlands ist.

Die Spuren der Bentheimer Adeligen lassen sich weit zurück verfolgen: Im Mittelalter wurden fleißigen Handwerkern und Kaufleuten Steuervorteile und Sonderrechte zugestanden, um sie zum Bleiben zu bewegen; eine 1400 Meter lange und bis zu zehn Meter hohe Stadtmauer sollte den gewonnenen Reichtum schützen. Mit der Verbreitung von Luthers Thesen konvertierten die cleveren Grafen zum evangelischen Glauben. Nach dem Tod und Vernichtung bringenden Dreißigjährigen Krieg dezimierten Seuchen die schon geschwächte Bevölkerung, zudem herrschte bittere Armut.

Mit wachen Augen entdecken wir schon von Weitem einen weiteren

Die mächtige Burg Bentheim gilt als eine der größten Burganlagen im Nordwesten Deutschlands.

Höhenzug: den über 90 Meter hohen Felsen, der die mächtige Burg Bentheim auf seinem Buckel trägt. Dabei handelt es sich um eine Art Tiefausläufer: Unterirdische Sandsteinadern des weit entfernten Teutoburger Waldes treten zwischen Suddendorf und Gildehaus zu Tage und liefern den seit Jahrhunderten begehrten Baustoff.

Wir holpern über buckliges Kopfsteinpflaster und durch verwinkelte, enge Gassen hinauf zur Festung. Unterhalb des imposanten Pulverturms ziehen wir die Zündschlüssel und erkunden das Terrain auf Schusters Rappen. Im Innenhof der Burg steht der kunsthistorisch bedeutende früh-romanische „Herrgott von Bentheim". Eine über zwei Meter große Skulptur, die den gekreuzigten Jesus zeigt und eine lebhafte Vergangenheit vorweisen kann. Sie wurde im elften Jahrhundert – wie könnte es anders sein – aus einem Sandsteinblock gehauen. Später galt die Figur über viele Jahre als verschollen, bis sie bei Erdarbeiten am Burgberg zufällig gefunden wurde.

Bentheimer Gold

Das auch in schlechten Zeiten für Lohn und Brot sorgende, so genannte Bentheimer Gold wurde von den „Kuhlkerls", den Steinhauern, in den „Kuhlen", den Steinbrüchen abgebaut und stand in zwei natürlichen Farb-

Am Bikertreff an der Mühle Gildehaus ist die Nähe zu den Niederlanden unverkennbar.

Die gewaltige Bockwindmühle steht bei Ter Apel.

tönen zur Verfügung. Das Material ließ sich gut verarbeiten und war sehr witterungsbeständig. Gute Gründe, um europaweit exportiert zu werden. Die nahe Vechte erwies sich dabei als ideale Wasserstraßenanbindung zur Nordsee.

Zum Mühlenberg

Nur ein paar Schaltvorgänge entfernt wartet der nächste anfahrbare Hochpunkt, den man in dieser sonst eher flachen Landschaft getrost als solchen bezeichnen darf. Auf dem Mühlenberg im Ortsteil Gildehaus streckt die Ostmühle ihre Flügel dem Wind entgegen, trotz des hohen Alters ist die rüstige Dame noch immer aktiv. Ihr zu Füßen liegt die Villa Kunterbunt, Versorgungsstation für den quirligen Motorradtreff rund um die Mühle. Neben den Blechen der Lokalmatadore unterstreichen die zahlreichen gelben Nummernschilder den internationalen Charakter. An Wochenenden und Feiertagen ist hier mächtig viel los.

Wir verlassen diese Obergrafschaft, die sich seit dem Mittelalter kirchlich an Münster orientierte, während die von ausgedehnten Moor- und Heidegebieten durchzogene Niedergrafschaft nicht nur weit in die Niederlande hinein ragt, sondern auch von den Bischöfen Utrechts gelenkt wurde.

Dann folgen wir dem Grenzverlauf auf verkehrsarmen Routen durch Felder, Wälder und Wiesen. Topfebener Asphalt schickt uns durch Alleen, deren Bäume über der Fahrbahn zusammenwachsen und grüne Tunnel formen.

Mit der liebevoll restaurierten Mühle Laar am Lauf der Vechte erreichen wir den westlichen Wendepunkt unserer Tour und dringen entlang des Coevorden-Piccardie-Kanals in die südlichen Ausläufer des Bourtanger Moores vor. In den 1930er Jahren gründeten die Nationalsozialisten den Reichsarbeitsdienst und begannen mit Freiwilligen, sie wurden damals Moorsoldaten genannt, dem Sumpf neuen Lebensraum abzutrotzen. Mit Kriegsbeginn mussten KZ-Häftlinge die schwere Arbeit fortsetzen.

Freiwillige Moorsoldaten

An der Windmühle Georgsdorf verabschieden wir uns vorerst von der Grafschaft, halten uns westlich der Ems und treiben die Maschinen gen Norden. Unser nächstes Etappenziel ist das Emsland-Moormuseum in Groß Hesepe. Hier erfahren wir alles zu den Themen Moorentwicklung, Torfabbau und Moorkultivierung. Besonders beeindruckend wirkt der gigantische Ottomeyer-Pflug „Mammut“ mit den dazugehörigen Zugmaschinen, den so genannten Lokomobilen „Thüringen“ und „Magdeburg“, die das Moor bis zu zwei Meter Tiefe umpflügen konnten. >

Schmale und dunkle Alleen entführen uns immer tiefer in die dünn besiedelten Gebiete des Bourtanger Moores, wo wir in Oberlangen-Moor auf den schwarzen, oder treffender ausgedrückt, braunen Fleck des Emslandes stoßen: Hier stand von 1933 bis 1945 eines der berüchtigten Emslandlager, in denen Tausende Gefangener sich durch die harte Arbeit im Moor zu Tode schuften mussten. Eine unscheinbare Hinweistafel am Ackerrand ist alles, was übrig blieb.

Wir wechseln über die grüne Grenze in die Niederlande, finden im Städtchen Ter Apel ein Netz großer und kleiner Kanäle vor und erleben eine besondere Form von Geisterfahrern: Urplötzlich kommen uns Boote entgegen. Kein Wunder, liegt der Wasserweg doch auf Straßenniveau.

TOUREN-TIPP

Die von der **Meyer-Werft** gefertigten Luxus-Kreuzfahrtschiffe im XXL-Format sind weltbekannt. Das Besucherzentrum der Werft bietet Einblicke in den modernen Schiffbau, informative Filme und sogar eine Musterkabine.

GPS 53.09696, 7.36040

Besichtigungen sind nach Voranmeldung bei der Papenburg Tourismus GmbH möglich.

papenburg-marketing.de

Einer davon, der Ruiten-Aa-Kanal, führt nordwärts und ist uns eine willkommene Orientierungshilfe. Außerhalb des Ortes, bei Ter Haar, wartet die restaurierte Bockwindmühle auf unseren Besuch. Und schon sind wir mitten in der alten Landschaft Westerwolde, die heute zu Groningen gehört, aber bis zum Ende des 16. Jahrhunderts zu Westfalen zählte.

Gewaltige Käselaibe

Es lohnt sich, die Hauptstraße gelegentlich zu verlassen, abgesehen von goldgelben und wagenradgroßen Käselaiben gibt noch viel mehr zu entdecken: unter anderem die Klischees Hausboote, Kanäle und Klappbrücken.

Und natürlich die Festung von Bourtange: Im 16. Jahrhundert wurde an der einzig passierbaren Stelle des Moores eine riesige, fünfeckige Bastion errichtet, um den Weg nach Groningen zu kontrollieren. Als man fast 100 Jahre später feststellte, dass das Gelände um die Festung austrocknete, wurde eigens ein Kanal gegraben, um die sichere Verteidigung zu gewährleisten.

Wir schlendern durch die weitläufige Anlage, die im Laufe der Jahrhunderte stetig erweitert wurde, und entdecken neben den üblichen militärischen Bauten auch eine bescheidene Kirche, einen baumbestandenen Marktplatz und eine Windmühle, die

Für immer vor Anker gegangen ist die Brigg Friederike im Kanal der Papenburger Innenstadt.

der von Ter Haar zum Verwechseln ähnlich sieht.

Von Vlagtwedde aus windet sich der Asphalt, als hätte er ein wenig Gras geraucht, bis kurz vor Blijham, dem Wendepunkt unserer Tour. Im benachbarten Bellingwolde treffen wir auf ein besonderes Schulungszentrum: Unzählige Nachwuchsmüller erlernten hier bis vor wenigen Jahren ihr Handwerk in dem steinernen Galerieholländer Veldkamp's Meuln.

Erhöhte Rutschgefahr

Anschließend hilft uns eine schmale Brücke, trocken über den schon bekannten Ruiten-Aa-Kanal zu kommen. Ein am Straßenrand aufgestelltes und ungewöhnliches Warnschild weist auf erhöhte Rutschgefahr hin: In den ausgedehnten Feuchtgebieten fühlen sich Frösche – sehr zur Freude der vielen hier heimischen Störche – besonders wohl und verirren sich gerne auf die Straßen. Als wir unsere Motoren abstellen, hören wir ihr hundertfaches Quaken.

Der anschließende Wechsel über die Grenze im Rheder Moor erfolgt dagegen unspektakulär. Hinter Rhede wird die mäandernde Ems gequert, dann ist es nur noch ein Katzensprung nach Papenburg.

Beim abendlichen Stadtbummel entdecken wir Segler aller Größen, die in den hübschen Kanälen der Papenburger Innenstadt für immer vor Anker gegangen sind. Schon lange vor den modernen Kreuzfahrern stachen unzählige friesische Kapitäne in See, um weltweit Handel zu treiben. Sicher hat der eine oder andere mitgewirkt, diverse weiße Flecken von der Landkarte zu tilgen. ◂

TOUREN-STECKBRIEF

STRECKENLÄNGE Die Gesamtlänge der Tour beträgt rund 450 Kilometer.

ROADBOOK Papenburg, Sögel, Fürstenau, Schüttdorf, Gildehaus, Laar, Georgsdorf, Bourtange, Blijham, Bellingwolde, Papenburg.

CHARAKTERISTIK Die mit unerwartet vielen Kurven aufwartende Strecke links und rechts der Ems verlässt das flache norddeutsche Tiefland nur, um die Höhenzüge bei Sögel, Ankum und Bad Bentheim zu erklimmen. Die verkehrsarmen Straßen laden auch Fahranfänger zum entspannten Dahingleiten ein.

ATTRAKTIONEN **Historische Segler** in Papenburgs Innenstadtkanal (53.09205, 7.38463), **Schloss Clemenswerth** in Sögel (52.83853, 7.53653), **Burg Bentheim** (52.30229, 7.15775) und die **Festung Bourtange** (53.00667, 7.19196). An Wochenenden und Feiertagen ist der **Bentheimer Mühlenberg** ein gerne besuchter Motorradtreffpunkt (52.29375, 7.09879).

UNTERKUNFT Ob ins Emsland, an die Nordseeküste, durch Ostfriesland oder über die Grenze nach Holland: Die zentrale Lage des gastlichen **Hotels Stubbe** in Papenburg ermöglicht große und kleine Touren in alle Himmelsrichtungen. Garage, Tourentipps, Schrauberecke.

hotel-stubbe.de

N362
roningen
Leer (Ostfriesland)
B 70
Hoogezand
Blijham
Bellingwolde
B 438
Veendam
Papenburg
N365
Friesoythe
Aschendorf
Vlagtwedde
Surwold
ssen
Bourtange
Stadskanaal
D
NL
Ter Apel
Ter Haar
Harrenstätte
Oberlanen-Moor
Emmen
N391
Sögel
N34
Haren (Ems)
Löningen
Coevorden
Meppen
Quakenbrück
N377
Haselünne
B 402
Laar
Groß Hespe
Hardenberg
Georgsdorf
Ankum
B 214
Lingen (Ems)
Fürstenau
Nordhorn
Ueffeln
Almelo
Schüttorf
Westerkappeln
Gildehaus
B 403
Hengelo
Rheine
Ibbenbüren
Enschede
Ochtrup
Emsdetten
N18
Lengerich
10 km
Steinfurt

Ostfriesland ist **bunt**, wie ein Blick auf den Hafen von Neuharlingersiel belegt.

Friesen-Mischung

Das Land zwischen Jadebusen und niederländischer Grenze ist zwar flach wie ein Brett, aber keineswegs langweilig. Mit dem Motorrad geht es auf spannender Kaperfahrt zu Kanälen, Kähnen, Kühen und Klappbrücken. Friedliche Teepausen sind dabei inklusive.

Selbst bei liberalster Auslegung der neuen deutschen Rechtschreibung hat die Fehnroute nichts mit jenen zauberhaften Wesen zu tun, die einem drei Wünsche erfüllen möchten. Der Begriff Fehn stammt aus dem Niederländischen und bedeutet Moor.

Die Urbarmachung der weitläufigen Feuchtgebiete nordöstlich von Papenburg begann im 17. Jahrhundert. Aus abgestorbenen Pflanzenteilen bestehender Schwarztorf wurde gestochen und getrocknet. Die dabei entstandenen Kanäle, so genannte Wieken, wurden genutzt, um mit flachen Kähnen den gewonnenen Brennstoff in die Städte zu transportieren.

Legal auf den Deich

Die perfekt ausgeschilderte Strecke führt uns aus Papenburg hinaus. Rechts der Ems halten wir uns in Richtung Leer. Gleich hinter dem Deich, die launische Nordsee ist nicht weit, tingeln wir durch hübsch herausgeputzte Dörfer und Alleen mit windschiefen Bäumen, passieren die Mühle in Mark und nutzen am Ortsrand von Esklum eine legale Möglichkeit, um auf den Deich zu fahren und die umliegende Gegend zu betrachten.

Ganz in der Nähe ergießt sich die Leda in die Ems. Dort schützt ein Sperrwerk mit seinen mächtigen Toren das flache Land und seine Bewohner vor dem „Blanken Hans", den Sturmfluten der Nordsee. Gerade zu winzig erscheint uns dann die kleine, ampelgeregelte Brücke bei Amdorf. Mit weniger als zwei Meter Durchfahrbreite ist sie Deutschlands schmalste Autobrücke. Als es gilt, einen weiteren Wasserlauf, die Jümme, das angeschlossene Sägewerk betreiben kann. So macht Wind aus Bäumen Bretter!

Eine weitere Mühle, stilecht eingerahmt von Klappbrücke und Kanal, erwartet uns Moormotorradfahrer in Westgroßefehn, wo auch das Fehnmuseum beheimatet ist.

zu queren, sind wir auf die Muskelkraft zweier Fährmänner angewiesen. Die motorlose Seilfähre nutzt geschickt den Gezeitenstrom, also die durch Ebbe und Flut entstehenden Strömungen. Und wenn kein Fährmann zu sehen ist? Einfach einen kleinen Moment warten, er ist dann sicher in der gegenüber liegenden Gastwirtschaft einen Tee trinken.

In Logabirum beweist uns die Mühle Frisia, dass der ständig vorherrschende Wind nicht nur zum Korn mahlen da ist, sondern auch

Dann einmal kurz am Kabel gezogen, und schon rollen wir durch Mittegroßefehn. Und in Ostgroßefehn (man war hier nicht sehr kreativ, was die Ortsnamen betrifft) steht ein Galerieholländer mit einer echten Kunstgalerie.

Abfahren und Tee trinken

In Steinwurfweite entfernt liegt das Pannekokenschipp „Antje" im Großefehnkanal vertäut: eine herrliche Gelegenheit, neben Pfannkuchen auch original Ostfriesentee auf

Der achteckige Turm in Papenburg (links). Die Jümme-Fähre wird durch Gezeitenströme und Muskelkraft angetrieben (oben).

Stövchen mit Kluntje und Sahne zu genießen. Punkt 15 Uhr ist Teetied, Teestunde, dann wird eine kräftige, sehr gehaltvolle Mischung aus Assam-Sorten zubereitet. Pst, still sein und schön die Lauscher aufmachen! Man hört den Friesen-Kandies knacken, wenn er mit dem heißen Tee begossen wird. Die Sahne liefern übrigens die hiesigen schwarz-bunten Kühe, die einer gelangweilten Rennleitung gleich unseren Fahrkünsten keine Beachtung schenken.

Wir verlassen nun die Fehnroute, um die Küstenregion und die wichtigsten Orte zu erkunden. Noch vor Aurich biegen wir auf ein wie ausgestorben wirkendes Asphaltband durchs Pfalzdorfer Moor nach Wittmund ab. Nur wenige Kilometer später erreichen wir die Brauereistadt Jever, die durch ihr friesisch herbes Pilsener in der grünen Flasche weltbekannt wurde. Kaum zu glauben, aber wahr: Bevor Tee seinen Siegeszug durchs Land führte, war Bier das Nationalgetränk der Friesen.

Die bei Varel ins Meer mündende Jade hat in Kombination mit Ebbe und Flut einen natürlichen Binnenhafen geschaffen, dessen Bedeutung schon zu Kaisers Zeiten von der

Antje hat im Großefehnkanal festgemacht und verwöhnt Friesland-Fahrer mit Pfannkuchen und Tee.

Klappbrücken, Kanäle und Mühlen prägen die Deutschen Fehnroute.

Kriegsmarine erkannt wurde. Wilhelmshaven ist heute der wichtigste Stützpunkt der Bundesmarine.

Am Stadtrand, wo die A 29 beginnt, nehmen wir Reißaus und schlagen uns in die Büsche nach Hooksiel. Aber nicht, weil wir auf der dortigen Trabrennbahn unser Wettglück erproben möchten, sondern weil Weite und Abgeschiedenheit unsere Beifahrer sein sollen.

Übrigens, die Endung „-siel“ verdient sich hier jedes noch so kleine Kaff, Hauptsache, es hat eine durch Schleusentore geschützte Verbindung zur Nordsee. Davon gibt es in dieser Region so einige. Und dort, in weniger als zehn Kilometern Entfernung, liegen wie Perlen auf einer Schnur die ostfriesischen Inseln parallel zur Küstenlinie.

Mit dem folgenden Trick habe ich mir als Schüler bis heute ihre Reihenfolge merken können: „Welcher Seemann liegt bei Nanni im Bett“? Die jeweiligen Anfangsbuchstaben ergeben die Lage von Ost nach West: Wangerooge, Spiekeroog, Langeoog, Baltrum, Norderney, Juist und Borkum.

Sturz in salzige Wogen

Auf der abwechslungsreichen Etappe nach Norddeich lassen wir die Maschinen tanzen, unser Vorwärtsdrang wird nur durch die engen Ortsdurchfahrten gebremst.

Nächster Halt Norddeich Mole! Von hier aus gelangen erholungsbedürftige Badeurlauber per Fähre zu den Inseln Norderney und Juist, um sich dort in die salzigen Wogen zu stürzen. >

Bis heute unvergessen ist der legendäre Seeräuber Störtebeker (rechts).

Viel weiter reichten die unsichtbaren Wellen der Küstenfunkstation Radio Norddeich. Fast 100 Jahre lang unterhielt man vor hier aus bis Ende 1998 weltweite Verbindungen zu Schiffen, ihren Besatzungen und Passagieren auf allen Ozeanen.

Nach wenigen Schaltvorgängen erreichen wir das alte Rathaus der Stadt Norden. Hier ist das Ostfriesische Teemuseum untergebracht, das sich nicht nur mit der besonderen regionalen Teekultur beschäftigt, sondern auch Themen wie Anbau, Ernte und Verarbeitung behandelt.

Piraten und Mäzene

Jenseits des mächtigen Deiches, der Land und Bewohner vor den Fluten der mächtigen Nordsee schützt, trieb der berüchtigte Klaus Störtebeker Ende des 14. Jahrhunderts zwischen Elbmündung und Dollart sein Unwesen. Der um 1370 geborene Seeräuber hat seinen Namen aufgrund zahlreicher Zechgelage, „stürzt den Becher", erhalten. Zu Beginn seiner legendären Karriere bei den Likedeelern (Gleichteilern) ließ er seine Muskeln spielen, bog ein Hufeisen mit bloßen Händen auseinander und trank dann den größten Bierhumpen, der auf dem Schiff zu finden war, mit einem Zug leer.

Wir machen einen Abstecher ins Binnenland nach Marienhafe, wo Klaus Störtebeker einst gern gesehener Gast war. Kein Wunder, denn sein Schwiegervater war der einst mächtige Friesenhäuptling Keno ten Broke. Alte Chroniken geben Auskunft über viele verheerende Sturmfluten, gebrochene Deiche und ertrunkene Einwohner. Als eine der schwersten Flutkatastrophen gilt die Weihnachtsflut anno 1717, als das Meerwasser ins Binnenland bis nach Jever und Wittmund strömte.

Die Küstenlinie war ständigen Veränderungen ausgesetzt, die heutige Leybucht ragte zu Störtebekers Zeiten bis an die Mauern der St.-Marien-Kirche, die als größtes Gotteshaus zwischen Groningen und Bremen galt. Ihr massiver Turm bildete unbeabsichtigt ein hervorragendes Seezeichen und erleichterte nicht nur den Piraten die Navigation. Das Glück währte jedoch nicht lange, aufgrund mehrerer dreister und damit erfolgreicher Beutezüge verlangte die

TOUREN-TIPP

Mit den Fähren der Reederei Frisia gelangt man von Norddeich in knapp einer Stunde bequem auf die Nordseeinsel **Norderney**. Die mitten im Weltnaturerbe Wattenmeer gelegene zweitgrößte ostfriesische Insel bietet auch Tagesurlaubern endlose Strände, mächtige Dünen und gesundes Reizklima.

GPS 53.62356, 7.15917

mächtige Hanse seinen Kopf. Daher floh der Freibeuter lieber vorübergehend nach Skandinavien.

Wer Ostfriesland besucht, darf nicht an den schon von weitem sichtbaren Zwillingsmühlen von Greetsiel vorbeifahren. Die baugleichen Galerieholländer können auch auf eine spannende Vergangenheit zurückblicken: Ihre Vorgänger wurden im Laufe von 300 Jahren durch Brände, Stürme und Finanznöte zerstört, aber immer wieder aufgebaut.

Zur Teestube umgebaut

Während die östliche Mühle völlig intakt ist und noch heute mittels Windkraft mahlt und zu besichtigen ist, wurde das Pendant zur gemütlichen Teestube umgebaut. Nach dem Genuss eines weiteren aromatischen Heißgetränkes machen wir uns auf die Räder nach Emden, der größten Stadt Ostfrieslands.

Der Hafen, an Emsmündung und Dollart gelegen, ist die historische Keimzelle des Ortes. Von hier aus wurde schon fast 1000 Jahre Handel getrieben, als sich die Frachtsegler der Emder Ostasiatischen Handelskompanie erstmals auf den gefährlichen Seeweg nach Indien und China machten, um Tee, Seide und Porzellan zu importieren.

Den wohl bekanntesten neuzeitlichen Exportartikel stellt der in Emden geborene Komiker Otto Waalkes dar, der seiner Heimat nicht nur einen eigenen Film widmete: „Otto, der Außerfriesische", sondern auch das

Die Zwillingsmühle von Greetsiel wurde 2014 nach einem Orkan wieder aufgebaut.

Museum „Dat Otto Hus“. Henri Nannen, ebenfalls Sohn der Stadt und als langjähriger Chefredakteur des „Stern“ nicht weniger bekannt, ist ebenfalls ein Museum gewidmet: die 1986 gegründete Emder Kunsthalle.

Stressfrei ans Große Meer

Nach so viel Kultur tut ein wenig Entspannung gut. Wir rollen stressfrei durch das Südbrookmerland und tauchen unsere Füße anschließend ins „Große Meer“, das größte Binnengewässer Ostfrieslands. Dem XXL-Format bleiben wir treu und stoppen wenig später in Aurich, der zweitgrößten Stadt, dessen Wahrzeichen, der wuchtige Kirchturm der Lambertikirche, unseren Navigationspunkt darstellt. Von hier aus setzen wir unsere Tour de Torf auf der Fehnroute fort.

Auf der Geraden in Richtung Wiesmoor reiht sich eine Klappbrücke an die nächste. Alle tragen Namen, jede ist ein Unikat. Überall finden sich die typischen Fehndörfer, lang gestreckte Ortschaften, die sich eng an die Kanäle schmiegen.

Etwas abseits bietet sich eine witzige Möglichkeit, den Daheimgebliebenen einen Bären aufzubinden: „Wir waren am Wochenende in Ostfriesland und haben mal kurz einen Abstecher nach Amerika und Rußland gemacht“. Sollten vor Neid erblasste, ungläubige Motorradkumpels nachhaken, kann man ja mit der Wahrheit herausrücken: Westlich von Friedeburg sind die gleichnamigen Flecken, die nur wenige Kilometer voneinander getrennt liegen, zu finden.

Zurück in Wiesmoor folgen wir abermals der Fehnroute und gelangen nach Remels, wo wir die Hauptstraße verlassen. Ein aus S-Steinen bestehender schmaler Fahrweg führt uns am Nordgeorgsfehnkanal entlang unter der Autobahn hindurch. Die Trasse bleibt abenteuerlich, aber gut zu fahren, wechselnde Fahrtrichtungen, Straßenbreiten und -qualitäten sind hier an der Tagesordnung.

Bei Barßel dringt die Fehnroute ins Saterland und die Region Rhauderfehn ein. Die Strecke führt uns fortan durch die weiten Flächen von Westermoor, Klostermoor und Wildes Moor. Abseits der Hauptstraße fallen uns aufgeregt hin- und herlaufende, sportlich gekleidete Gruppen auf, die zu kegeln scheinen. Plötzlich geht

Nichts ist leichter als von Ostfriesland aus einen Abstecher nach Amerika zu machen.

uns ein Licht auf: Hier muss es sich um Boßeln handeln. Dies ist der traditionelle, friesischer Volkssport, den ein jeder junge Friese gleich nach dem Laufen zu erlernen hat.

Als wir neugierig nachfragen, erhalten wir einen kurzen Einblick in das kompliziert anmutende Regelwerk: Der Mannschaftssport Boßeln, oder Klootschießen, wie er in einigen anderen Regionen genannt wird, wird hauptsächlich auf Nebenstraßen betrieben. Es gilt dabei, eine rote Kugel mit möglichst wenigen Versuchen über eine vorher festgelegte Strecke zu werfen.

Wer genau hinschaut, entdeckt die auf Straßen und Wegen aufgemalten Entfernungsmarkierungen.

Stimmungsvolle Mischung

Die Chaussee verändert ständig ihr Erscheinungsbild und schlägt dabei Haken wie ein flüchtender Hase, aber die durchaus stimmungsvolle Mischung aus Brücken, Schleusen, Kähnen und Mühlen bleibt uns bis Papenburg erhalten.

Und was ist aus dem legendären Freibeuter geworden? Weit draußen bei Helgoland wurde Störtebeker gestellt und gefangen genommen. Dann schaffte man ihn nach Hamburg und stellte ihn dort vor Gericht. Im Oktober 1401 zum Tode verurteilt, versuchte er seine Crew zu retten und trug auf dem Grasbrook, dem Hinrichtungsplatz, seine letzte Bitte vor: Es sollen die Mannschaftsmitglieder überleben, an denen er nach der Enthauptung noch vorbei gehen kann. Lachend stimmten die Hamburger Ratsherren zu. Der Legende nach schaffte er elf, dann stellte ihm der Scharfrichter ein Bein. ◂

TOUREN-STECKBRIEF

STRECKENLÄNGE 420 Kilometer

ROADBOOK Leer, Großefehn, Wittmund, Jever, Hooksiel, Norddeich, Greetsiel, Emden, Aurich, Barßel, Papenburg-Leer.

CHARAKTERISTIK Von einigen Stadtdurchfahrten abgesehen, führt die problemlose Strecke durch dünn besiedelte Gebiete; Deichkronen bilden die höchsten Erhebungen. Ständig vorherrschende und manchmal ruppige Westwinde sorgen für abwechslungsreiches Wetter.

ATTRAKTIONEN Die große Zahl intakter Windmühlen, eine Besichtigung der **Jever-Brauerei** (53.57575, 7.90228) und Ostfriesenhumor in **Dat Otto Hus** in Emden (53.36672, 7.20539). Der Tipp für Feinschmecker: Frische Krabben direkt vom Kutter im Hafen von **Neuharlingersiel** (53.69992, 7.69322) sind ein wunderbarer Snack für zwischendurch.

UNTERKUNFT Die Wirtsleute der **Pension Bolland** fahren selbst und nehmen sich gerne Zeit für einen Klönschnack. Leer, das „Tor Ostfrieslands", besitzt eine malerische Altstadt mit tollen Restaurants, sowie einen sehenswerten Museumshafen, alles von der liebevoll geführten Pension fußläufig zu erreichen. Garage, Tourentipps.

pension-bolland.de

NORDSEE
Wangerooge
Spiekeroog
Baltrum
Langeoog
Norderney
Juist
Norddeich
Dornum
Esens
Hooksiel
Wittmund
Jever
Hage
Norden
B 72
Schortens
Marienhafe
Greetsiel
Upgant-Schott
Wilhelmshaven
B 210
Aurich
Friedeburg
Hinte
Varel
Wiesmoor
Großefehn
Bockhorn
Emden
D
Moormerland
Jaderberg
Hesel
Uplengen
Westerstede
Rastede
Leer (Ostfriesland)
Scheemda
Rostrup
Rhauderfehn
Barßel
Oldenburg
Ostrhauderfehn
NL
Klostermoor
B 401
A 31
Nieuwe Pekela
Papenburg
Friesoythe
A 28
Dörpen
Lorup
Cloppenburg
10 km

Im nassen Dreieck

Hoch oben im Norden finden auch Leichtmatrosen den Weg vom Binnenland an die Waterkant. Auf zwei Rädern unterwegs zwischen Elbe und Weser, Deich und Moor, wo es zwar keine Berge gibt, dafür aber überraschend viele Kurven.

Ein dichtes Netz von Gräben und Kanälen hilft bei der Entwässerung der Moorgebiete.

Zwischen Stadtrand und Bederkesaer See wurde Burg Bederkesa errichtet.

Damit eines klar ist: Jede Ähnlichkeit mit dem Roman „Feuchtgebiete" von Charlotte Roche wäre rein zufällig und nicht beabsichtigt, obwohl die Region um Bremervörde alles andere als trocken daherkommt.

Mitten im nassen Dreieck Hamburg, Bremen, Cuxhaven liegt der beschauliche Ort, der seit dem Mittelalter einer Furt über den wenig bekannten Fluss Oste Rang seinen Namen verdankt. In der Nordheide, am südlichen Ortsrand von Tostedt entspringt die Oste, die auf ihren 153 Kilometer langen Weg zur Elbe anfangs durch Wiesen, Felder und kleine Wälder gluckert.

Als im 18. Jahrhundert mit der Urbarmachung der riesigen Moorflächen begonnen wurde, machte man den weiteren Verlauf bis an die Elbe schiffbar.

Der junge Bremervörder Hafen wurde Mittelpunkt der so genannten „Torfkonjunktur". In manchem Jahr nutzten mehr als 1000 Seg-

ler die mäandernde Oste als wichtigen Verkehrs- und Handelsweg. Um sich heutzutage nicht als auswärtiger Dummerjan zu outen, ist es besonders wichtig, den Wasserlauf mit einem ganz langen „O“ auszusprechen.

Am Ortsausgang geleitet eine schmale Straße uns Küstenkradler nordwärts, anfangs an feuchten Niederungen vorbei, später durch niedrige Wälder. Die durch den König befohlene Moorkolonisation zur Gewinnung von neuem Acker- und Weideland wurde durch den Moorkommissar Jürgen Christian Findorff im 18. Jahrhundert entschieden vorangetragen.

Angesehener Verwalter

Der multitalentierte „Vater aller Moorbauern“ ließ unzählige Dörfer errichten, Kanäle graben und Brücken bauen. Ganz nebenbei war er Berater in Sachen Torfgewinnung und -transport. Der engagierte und weithin hoch angesehene Verwalter erreichte das damals stolze Alter von 72 Jahren und wurde in Iselersheim, das auch auf unserer Route liegt, begraben. Ihm zu Ehren wurde sogar eine Gedenkstätte errichtet.

Kurz vor Lamstedt passieren wir den 56 Meter hohen Bullenberg, aber weit und breit sind keine Gesetzeshüter zu entdecken.

Das Börde-Museum gewährt uns Einblicke in das karge und beschwerliche Bauern- und Handwerkerleben längst vergangener Epochen. Anschließend halten wir uns in Richtung Bad Bederkesa, links Langes Moor, rechts Ahlenmoor, mittendrin das Nest Moorausmoor, was für ein einfallsreicher Name.

In Lintig halten wir an einer imposanten Windmühle, einem intak-

Weil der zierliche Roland nichts gegen seinen mächtigen Bremer Kollegen anrichten konnte, wird seine Männlichkeit betont.

ten Galerieholländer, ohne zu ahnen, dass wir an diesem Tag die gesamte Typenvielfalt dieser betagten, aber bewährten Maschinen kennen lernen werden. Als vom Wind unabhängig präsentiert sich uns die Wassermühle im benachbarten Hainmühlen, die bereits vor über 600 Jahren urkundlich erwähnt wurde und ein ertragreiches Geschäftsmodell war. Bis 1850 profitierte sie vom herrschaftlich erlassenen Mahlzwang: Die Bauern der umliegenden sieben Dörfer durften nur hier ihr Korn malen lassen.

Die weitere Etappe bis Oerel verwöhnt uns mit allerlei Kurven und Blicken über die leicht hügelige Landschaft der Geest. Wir treffen auf die B 71 und schlagen einen weiten Bogen nach Bremerhaven.

Der breite Teer verblüfft anfangs mit einigen unvermuteten Steigungen und idyllischen Ortsdurchfahrten, schwächelt dann aber an der verwahrlosten Durchfahrtsmühle in Heerstedt, die als eine der wenigen Holländermühlen in Niedersachsen zwei Windrosen vorzuweisen hat.

Schutz vor Gegnern

Die Region zwischen Elbe und Weser ist schon längere Zeit besiedelt, als wir denken. Die Monsilienburg südlich der Hauptstraße galt einst als eine der größten Festungsanlagen Norddeutschlands. Die Flächen um den Ringwall konnten bei Gefahr geflutet und damit für Angreifer unpassierbar gemacht werden. Was allerdings nicht vor der späteren Zerstörung schützte. Kurz vor Bremerhaven verspielt die Bundesstraße unsere Gunst und wir erliegen dem Reiz einer schmalen Landstraße.

Besonders schöner Roland

Über Bexhövede tasten wir uns durchs Wilde Moor nach Schiffdorf vor und schwingen anschließend nach Bad Bederkesa. Am dortigen See finden wir die aus dem 13. Jahrhundert stammende Burg, die im Vergleich zu bekannteren Festungen eher einem XXL-Gutshaus ähnelt. Im Burghof wacht ein besonders schöner Roland, der aber, gemessen an der imposanten Bremer Ausgabe, recht zierlich wirkt. Die steinernen Symbolfiguren sollten an den weit reichenden Einfluss der mächtigen Hanse erinnern.

Mit viel größeren Steinen hat unser Abstecher ins benachbarte Flögeln zu tun: Dort besuchen wir ein Großsteingrab, das unter einem künstlich aufgeschütteten Hügel liegt. Die sehr gut erhaltene Grabkammer stammt aus dem 3. Jahrhundert vor Christus. Kaum zu glauben, dass solche Riesensteine damals nur mit menschlicher Muskelkraft an diesen Ort geschafft und zusammengefügt werden konnten.

Der zur Entwässerung gebaute, aber heute leider nicht mehr bewirtschaftete Elbe-Weser-Binnenschiff-

Zum Aussichtsturm am Deutschen Olymp führt ein Lift hinauf.

fahrtsweg nimmt uns mit auf seinem Weg an die Unterelbe.

Unzählige kleine und große Kanäle reichen bis an die Straße, filigrane Brücken führen trockenen Fußes auf gepflegte Grundstücke. Zur Erinnerung: Wir befinden uns teilweise weniger als einen Meter über dem Meeresspiegel! Dadurch kommt uns die Wingst wie der Mount Everest vor: Auf dem Gipfel des mit Mischwald bedeckten Wingster Geestrückens ragt der 29 Meter hohe Aussichtsturm Deutscher Olymp in den Himmel. Er

Die mächtigen Tore des Ostesperrwerks werden bei Hochwasser geschlossen und schützen so das Hinterland.

ist nur an Wochenenden und Feiertagen geöffnet, bietet dann aber einen traumhaften Rundumblick über die wunderschöne und abwechslungsreiche Landschaft bis zu den Schiffen auf der Elbe.

Platte Szenerie

Nur der einen Steinwurf weit entfernte Silberberg ragt mit seinen 74 Höhenmetern noch weiter aus der sonst völlig platten Szenerie. Der altbekannte Witz, man könne hier schon montags sehen, wer am Wochenende zum Kaffee kommt, trifft den Nagel auf den Kopf.

Mehrere hier entdeckte Hünengräber liefern den Beweis, dass schon unsere Urahnen Wert auf einen sturmflutsicheren Platz für die letzte Ruhestätte legten.

Bei Neuhaus mündet die Oste inmitten eines großen Vogelschutzgebietes zwischen Sandbänken und Watt in die Unterelbe. Und weil die Oste ein so genannter Tidenfluss ist, also von den Gezeiten beeinflusst wird, schützt ein Sperrwerk mit seinen mächtigen Toren die Region vor Überflutungen, wenn Hochwasser droht.

Am Baljer Außendeich informiert uns das Küstenmuseum Natureum Niederelbe auf 1 000 Quadratmeter Ausstellungsfläche über Flora und Fauna der Landschaften Watt, Marsch und Geest. Auf einem Teilstück der Deutschen Fährstraße, die von Kiel bis nach Bremervörde führt, kreuzen wir gegen den Strom die Oste aufwärts. Über viele Kilometer weicht die schmale Landstraße dem Wasserlauf nicht mehr von der Seite. In Hemmoor tauschen wir die Sitzmöbel und steigen vom Motorradsattel auf den Sitz eines angenagten plattfüßigen

Traktors, der auf dem Gelände des Hauses für Hemmoorer Geschichte inmitten allerlei landwirtschaftlichen Gerätes steht, dessen Funktion für uns unerschlossen bleibt.

Spinnengleiche Fähre

Als wir dann auf der B 495 einen Katzensprung über die Oste wagen, entdecken wir schon von weitem das seit 100 Jahren spinnengleich über den Fluss ragende, filigrane Stahlskelett der Schwebefähre. Damals war sie der deutsche Prototyp von 20 weltweit errichteten Exemplaren, von denen nur noch acht erhalten sind.

Seit 1975 ist sie ein technisches Baudenkmal und befördert nur noch Fußgänger. Wir sind auf der richtigen Seite, bleiben dem mäandernden Gewässer mit gebührendem Abstand treu und folgen der vorbildlichen Ausschilderung durch das flache und feuchte Land.

Nur wenige Fahrminuten später erreichen wir das Christkinddorf Himmelpforten, das eine Mühle mit ganz besonderem Charakter zu bieten hat: Im kühlen Keller wird Wein für Kenner angeboten, im Parterre Schönes für den Garten und im Obergeschoss Leckeres für den Gaumen.

Bei einem Abstecher ins nahe Hechthausen, dem Tor zum Cuxland, entdecken wir aus den Augenwinkeln den Galerieholländer „Caroline“. Die Mühle wurde im Jahre 1845 von dem damaligen Müller Cord Stelling erbaut und erhielt ihren Namen nach dessen Ehefrau Caroline.

Glaubt man der Chronik von Hechthausen und mündlichen Über-

Das filigrane Stahlskelett der Schwebefähre war einst ein Prototyp.

lieferungen, so hält sich bis heute ein hartnäckiges Gerücht: Einige Jahre vorher wollte ein anderer Müller, der trotz zweier Nebenjobs als Wirt eines Gasthauses und Kapitän der örtlichen Prahmfähre chronisch pleite war, an einem durchreisenden Goldtransport nicht nur durch Kost und Logis verdienen, sondern auch etwas von dem kostbaren Edelmetall stehlen.

Erst lehnte er die Osteüberfahrt aufgrund der angeblich schlechten Wetterlage ab, machte die Besatzung des Transportes anschließend betrunken, weckte dann die Zecher am frühen Morgen und drängte auf einen raschen Aufbruch, weil die Gezeiten günstig wären. Die verkaterten Kutscher bemerkten den in der Nacht erfolgten Diebstahl nicht. Dem diebischen Müller kam man nie auf die Spur, er und seine Familie hatten finanziell ausgesorgt.

TOUREN-TIPP

Von Stade über Bremervörde nach Bremen mit dem **Moor-Express**: Seit mehr als zehn Jahren pendeln in den Sommermonaten täglich mehrmals historische Triebwagen von der Elbe durchs Osteland und das Teufelsmoor bis an die Weser und zurück. Blumen pflücken während der Fahrt ausdrücklich erlaubt.

evb-elbe-weser.de

Wir verlassen die Bundesstraße und folgen dem stillen Wiesenfluss Oste mit reichlich Abstand stromaufwärts nach Bremervörde. Doch gerade auf den letzten Kilometern unserer Tour treffen wir auf ganz besondere Orte. Wie zum Beispiel die ein wenig versteckt liegende mittelalterliche Feldsteinkirche von Burweg-Horst mit vier uralten, aufwendig gestalteten Grabsteinen. Oder Oldendorf, dem Heimatort des 1808 geborenen Dichters Wilhelm Schröder, der hier die Fabel „Dat Wettloopen twischen den Swinegel und den Haasen", zu Papier brachte, besser bekannt als weltberühmtes Märchen vom Hasen und Igel. In dem trickst ein listiges Igelehepaar den angeberischen, aber läuferisch überlegenen Hasen immer wieder aus, bis dieser vor Erschöpfung beim Wettrennen zusammenbricht.

Zahlreiche Windmühlen

Auf den umliegenden satten Weiden grasen schwarzbunte Kühe, die hiesigen Milcherzeuger. Der ständig vorherrschende Wind hat in der Vergangenheit dazu geführt, dass hier zahlreiche Windmühlen entstanden, von denen aber leider nur wenige bis heute überdauert haben.

Ähnlich erging es den mittelalterlichen Rolandfiguren. Auf eine relativ kleine und aus Holz geschnitzte Version stoßen wir bei einem Abstecher zur historischen Prahmfähre bei

Wehbers Mühle bietet Wein im Keller, Gartenmöbel im Parterre und Lukullisches im Dachgeschoss.

Brobergen. Die hiesigen Fährleute und Fischer lebten gut vom und mit dem Fluss: Große Mengen Aale und Lachse gingen ins Netz, kapitale Störe sorgten für reichlich Kaviar, der bis in die vornehmsten Viertel Hamburgs geliefert wurde.

Auch die Bauern sollten Ende des 19. Jahrhunderts von der aufblühenden Großstadt profitieren: Die fetten Böden zwischen Oste und Elbe lieferten den Rohstoff für Millionen von Ziegelsteinen, die in Ringöfen gebrannt, mit Loren an den Fluss gebracht und von dort per Kahn zur Baustelle verschifft wurden.

TOUREN-STECKBRIEF

STRECKENLÄNGE Die Gesamtlänge der Tour beträgt rund 250 Kilometer.

ROADBOOK Bremervörde, Lamstedt, Oerel, Bremerhaven, Bad Bederkesa, Wingst, Himmelpforten, Oldendorf, Bremervörde.

CHARAKTERISTIK Die Tour ist selbst für Fahranfänger ohne Probleme machbar. Durch den moorigen Untergrund sind einige wellige Fahrbahnabschnitte entstanden, die mit Tempolimits belegt sind.

ATTRAKTIONEN Die zahlreichen gepflegten **Wind- und Wassermühlen**, das 360 Grad-Panorama vom Aussichtsturm **Deutscher Olymp** (53.74200, 9.07471). Für weite Blicke bis zum Horizont bietet sich ein Abstecher zur bekannten **Kugelbake** in Cuxhaven an (53.89000, 8.68183).

UNTERKUNFT Das gastliche **Ostehotel Bremervörde** liegt mitten im Elbe-Weser-Dreieck auf einer Halbinsel an der Oste. Ruhige, komfortabel ausgestattete Zimmer, ein einladendes Restaurant, ein großer Biergarten und die Garage fürs Bike bilden eine gute Grundlage auch für Fahrten ins Alte Land oder ins Teufelsmoor.

oste-hotel.de

Römische Handelsschiffe

Wer weniger Glück mit der Oste hatte und im Gewässer zu Tode kam, wurde, wenn er nicht zu identifizieren war, auf dem nahen „Friedhof der Namenlosen" in der feuchten Marsch beigesetzt. Im schweren Schlick der Oste fand man bei Gräpel römische Münzen und vermutet daher, dass schon römische Handelsschiffe einst den gewundenen Wasserweg befuhren, um mit Sklaven und Bernstein zu handeln.

Zu guter Letzt kommen wir an der Mühle „Henriette" an. Die aus dem 18. Jahrhundert stammende rüstige Dame hat schon einen abenteuerlichen Umzug mitgemacht: Sie stand einst in Hamburg-Övelgönne und wurde vor über 100 Jahren umständlich mit Flößen nach Elm transportiert.

Die Sonne steht schon tief, der beständige Westwind zaubert elegante Wogen in die Getreidefelder, als uns kurz vor Bremervörde ein besonderes Schild am Chausseerand in die Augen sticht: Eine freundlich dreinschauende Windmühle winkt uns zu und wünscht „Gute Fahrt". ◂

Burg (Dithmarschen)
Sankt Michaelisdonn
Marne
B 5
A 23
Wilster
Itzehoe
Brunsbüttel
Cuxhaven
B 73
Freiburg (Elbe)
Krempe
Elbe
Otterndorf
Glückstadt
B 431
Nordholz
Cadenberge
A 27
Wingst
Drochtersen
Dorum
Hemmoor
Moorausmoor
Bad Bederkesa
Lamstedt
Himmelpforten
Langen
Lintig
B 495
Oldendorf
Stade
Bremerhaven
Hainmühlen
12
Schiffdorf
Fredenbeck
Bexhövede
Oerel
ordenham
Bremervörde
Loxstedt
Harsefeld
Beverstedt
Gnarrenburg
Ahlerstedt
Hagen im Bremischen
Selsingen
B 74
Vollersode
rake (Unterweser)
Hambergen
Zeven
B 71
Schwanewede
Osterholz-Scharmbeck
7,5 km
A 1
Ritterhude

Man möchte fast in See stechen, doch das Meer versteckt sich hinter dem Deich.

Frische Brise

Motorradkapitäne können entlang der Elbe das Alte Land sowie die Holsteinischen Elbmarschen befahren. Hohe Deiche und mächtige Sperrwerke sorgen dafür, dass auch bei rauer See die Füße trocken bleiben.

Warum nicht? Unsere Tour entlang der Unterelbe startet im Süden der Freien und Hansestadt Hamburg, in den bewaldeten Harburger Bergen, deren höchster Gipfel, der Hülsenberg, stolze 155 Höhenmeter aufweisen kann. Der Apfel fällt nicht weit vom Stamm, die niedersächsischen Elbmarschen sind nur einen Katzensprung entfernt.

Das dunkle Wasser der Este verbindet die weit im Binnenland liegende Hafenstadt Buxtehude mit dem Elbstrom. Eine grachtenartige Anlage, das Fleeth, ist Nordeuropas ältester, künstlich angelegter Stadthafen und verleiht dem Ort den vielsagenden Beinamen Klein-Venedig, doch Gondeln suchen wir vergebens.

Hinter Horneburg treiben wir unsere Maschinen in die stillen Tiefen der Stader Geest, einer idyllischen Naturlandschaft mit seichten Hügeln, bewaldeten Höhen, weiten Äckern und stillen Mooren. Eben jene Moore sind es, die die vielen welligen Fahrbahnunebenheiten auf unserer Motorradtour zu verantworten haben. Wir erreichen Stade, das auf eine 1000-jährige Vergangenheit zurückblicken kann, 70 davon sogar unter schwedischer Herrschaft.

Mit der Elbe verbunden

Die ehemalige Hansestadt ist vom Wasser umgeben und über den Lauf der Schwinge mit der Elbe verbunden. Enge Kopfsteinpflastergassen führen uns in die historische Altstadt. Rund um den imposanten Kirchturm St. Cosmae reihen sich schmucke Bürgerhäuser aus dem 17. Jahrhundert aneinander.

Die ehemalige Hansestadt Stade besitzt reichlich maritimes Flair.

Das nun folgende Kehdinger Land wird im Westen und Norden von der mäandernden Oste begrenzt. Die Aussage: „Kein Deich, kein Land, kein Leben" macht deutlich, dass sich hier alles ums Wasser dreht, und die ständige Bedrohung durch Sturmfluten. Unzählige Gräben sollen das dem Meer abgetrotzte Land trocken legen. Birkenhaine stehen entlang der Straße Spalier, von der steifen Nordseebrise gebeugt, singen sie ihre rauschenden Lieder.

Die Etappe auf Nebenstrecken nach Wischhafen ist ideal für schwere Maschinen, aber nichts für schwermütige Biker, denn in der fast menschenleeren Region geht alles seinen eigenen Gang, gemächlich und unspektakulär.

Elbaufwärts ins Alte Land

Regelmäßig wie Ebbe und Flut, nur häufiger, queren die Fährschiffe auf der Route Glückstadt-Wischhafen zwischen Niedersachen und Schleswig-Holstein die Elbe.

Vor 200 Jahren ließen die Hamburger zum Schutze ihres Hafens am südlichen Ende von „Krautsand" die Festung Grauerort in Abbenfleth errichten. Das Fort ist ein Paradebeispiel preußischer Architektur des 19. Jahrhunderts, hat jedoch nie einen Schuss abgefeuert.

Da ist am Bikertreff Grünendeich/Lühe aber deutlich mehr los. Auch in der Woche ist ein Großteil der über 100 ausgewiesenen Motorradparkplätze belegt. Ob Currywurst mit Pommes, oder Bismarckhering im Brötchen, hier werden alle Motorrad-

Kein Deich, kein Land, kein Leben: Hört der alte Seebär die Sturmflut kommen?

fahrermägen gefüllt. Und zum Dessert etwas Obst? Kein Problem, denn zwischen Stade und Hamburg liegt das Alte Land, Deutschlands größtes zusammenhängendes Obstanbaugebiet.

Äpfel und Schwerkraft

Die maritime Landschaft an der der Unterelbe bietet nicht nur Äpfel, Birnen, Kirschen, Pflaumen und Zwetschgen, sondern zwischen den Obstbäumen auch Sträucher mit Stachel- und Johannisbeeren. Der Apfel ist so alt wie die Menschheit, wir brauchen bloß an Adam und Eva im Paradies zu denken.

Später, als die Römer Germanien eroberten, brachten sie die Technik des Veredelns mit. Und als dem englischen Mathematiker und Astronomen Sir Isaac Newton beinahe ein Apfel auf die Birne fiel, und er über die Schwerkraft nachzudenken begann, kannte man in Europa schon 1000 Apfelsorten.

Am Obstmarschenweg, der parallel zur Elbe führt, liegt auch Jork mit seinen alten Reetdach- und Fachwerkhäusern. Typisch sind die Ziegelmuster zwischen dem weißen Fachwerk, prunkvoll geschnitzte Türen und Toreinfahrten. Auf dem Giebel eines Altländer Bauernhauses prangt in bestem Plattdeutsch die Inschrift „Stoh fast, kiek wiet und rög di", was für Standhaftigkeit, Weitblick und Regsamkeit steht.

Der Flusslauf der Este mündet bei Cranz, gegenüber des Nobelviertels Blankenese in die Elbe. Ab hier wandelt sich das Landschaftsbild, die Fachwerkhäuser werden in den Hintergrund gedrängt, moderne Bau-

Kirche und Kandelaber: Glückstadts sechseckiger Marktplatz.

stile setzen sich durch, wir können die Nähe der Millionenmetropole Hamburg spüren.

Am linken Außenspiegel zieht das Airbus-Werk in Finkenwerder vorbei, dann nehmen wir Anlauf, um zur imposanten Köhlbrandbrücke aufzusteigen. Durch ihre besondere Höhe ist die elegante Seilkonstruktion schon aus der Ferne sichtbar. Sie führt seit 1974 über einen Arm der Süderelbe und gilt als ein Wahrzeichen der Hansestadt.

Neuer Stadtteil

Schon stecken wir mitten in der aufregenden Großbaustelle HafenCity, wo aus alten Speichern, maroden Kaianlagen und verfallenen Mietskasernen allmählich ein neuer, moderner Stadtteil der Metropole erwächst. Mittendrin die inzwischen endlich fertig gestellte Elbphilharmonie. Wir wechseln auf die B 4, kommen an einem weiteren Wahrzeichen, dem Kirchturm des Hamburger Michel vorbei und besuchen im Herzen der City den berühmten weitläufigen Park „Planten und Blomen", das ist Plattdeutsch und bedeutet Pflanzen und Blumen. So sieht es hier auch aus: schön grün. Für einen Bummel auf der benachbarten Reeperbahn, der sündigsten Meile der Welt, wie sie auch genannt wird, ist es wohl noch zu früh, denn der bekannte Schauspieler Hans Albers sang 1943 im Farbfilm „Große

Das Herz Hamburgs schlägt rund um Elbe und Hafen.

Freiheit Nr. 7": Auf der Reeperbahn nachts ums halb eins.
Viele Jahre später starteten die berühmten Pilzköpfe, die Beatles, im Rotlichtviertel von St. Pauli ihre einzigartige Weltkarriere. Nicht zu vergessen Udo Lindenberg, der nicht ganz echte Hamburger Jung, mit seiner Liebeserklärung: Reeperbahn, Du geile Meile.

Die B 431 geleitet uns zur Stadtgrenze. Mächtige, knorrige Eichen säumen hier unseren Weg: ein sicheres Zeichen, dass dieser Landstrich deutlich älter als Elbmarschen ist. Bei der Fahrt an Pinneberg vorbei orientieren wir uns am Sonnenstand und dem Moosbewuchs der Bäume. Mit traumwandlerischer Sicherheit erreichen wir Kummerfeld, dort beginnt die Straße der Baumschulen, der Gestüte, der Reiterhöfe und des Obstanbaus.

Das Asphaltband windet sich durch die Kremper Marsch, über die Stör in die Wilster Marsch. Auf den umlie-

Tiefste Landstelle
der
B.R. Deutschland
NN

genden sattgrünen Koppeln grasen Kühe, Pferde und Schafe. Ältere Gebäude liegen auf niedrigen Warften, von Menschenhand geschaffene Erdhügel, die an die Zeiten erinnern, als die Deiche noch niedrig und wenig Vertrauen erweckend waren.

Die letzte ihrer Art

Wir können Reste alter Kanäle erahnen, zusammen mit den Schöpfmühlen sorgten sie für die Entwässerung des unter dem Meeresspiegel liegenden Landes. Mühlen bestimmen seit alters her das Bild der Elbmarschen, die Honigflether Schöpfmühle ist heute die letzte ihrer Art in Norddeutschland.

In Neuendorf bei Wilster befindet sich Deutschlands „Death Valley", die tiefste Landstelle, 3,54 Meter unter dem Meeresspiegel. Ein acht Meter hoher Pfahl veranschaulicht die Tidestände sowie die Sturmfluthöhen und macht deutlich, wie hoch das Wasser hier stände, gäbe es die Deiche nicht.

Nicht weit vom Nord-Ostsee-Kanal entfernt bummeln wir Richtung Brunsbüttel, wo sich die kühne Brückenkonstruktion der Bundesstraße 5 über den Wasserweg spannt.

Pickelhauben, Marschmusik und zackige Kommandos, so muss es damals zugegangen sein, als Kaiser Wilhelm II im Juni 1895 die künstliche Wasserstraße einweihte und sie dem Weltverkehr übergab. Zum Gedenken an seinen Großvater trug sie den Namen Kaiser-Wilhelm-Kanal. Der bei den Seefahrern als Kiel-Canal bekannte Nord-Ostsee-Kanal erhielt erst nach dem Zweiten Weltkrieg seinen heutigen Namen.

Das Café Torhaus, direkt an den Brunsbütteler Schleusenanlagen gelegen, bildet den Wendepunkt unserer Tour. Bei Kaffee und Kuchen schauen wir den dicken Pötten aufs Heck, wo unter dem Schiffsnamen der Heimathafen prangt. Flaggen aus aller Welt lassen Fernweh aufkommen.

Gestärkt lenken wir die Motorräder auf die Grüne Küstenstraße nach St. Margarethen. Vom Deich aus genießen wir den Blick auf die

Deutschlands Death Valley in der Wilster Marsch (links) und eine sehr idyllische Schopfmühle (unten).

Elbe. Weit draußen am Horizont ziehen große Pötte seewärts, etwas dichter dran, die kleinen, spitzen Dreiecke der Hobbysegler. Unzählige Schafe halten den Deichrasen kurz. Lustig geringelte Leuchttürme säumen die Elbe, lebenswichtige Orientierungshilfen bei Nacht oder schlechter Sicht.

Das Land ist flach und ragt kaum einen Meter über den Wasserspiegel hinaus. Deshalb müssen sämtliche Deichdurchbrüche besonders gesichert werden.

Ein imposantes Beispiel ist das Störsperrwerk in der Wilster Marsch, dessen riesige Tore bei starkem Hochwasser das Absaufen der tief liegenden Landesteile verhindern.

Gespannt dringen wir in die Blomesche Wildnis ein, die sich als kreuzbraves Kohlanbaugebiet entpuppt. Dann ist ein Halt an der Elbfähre Glückstadt-Wischhafen Pflicht. Vom rustikalen Kiosk aus beobachten wir das geschäftige Treiben der Fähren. Und anschließend statten wir dem historischen, sechseckigen Marktplatz von Glückstadt einen Besuch ab. 1617 gründete der dänische König Christian IV. den Ort, den er sternförmig am Reißbrett entwerfen ließ. Damals reichte Dänemark noch hinunter bis nach Altona.

Neuer Matjes

Feinschmecker sollten sich alljährlich den dritten Donnerstag im Juni vormerken: Dann beißt der Bürgermeister inmitten tausender Seh-Leute in eine Kostprobe des neuen

Elbe-Express: am Fähranleger Glückstadt-Wischhafen.

Matjes. Von da an wird hier vier Tage lang die neue Matjessaison gefeiert.

Auch die Engelbrechtsche Wildnis haut uns nicht aus dem Sattel, hinter dem Deich schwingen wir auf allerkleinsten Wegen durch die Kremper Marsch nach Kollmar. Dort säumen gleich zwei Imbissbuden den kleinen Motorradparkplatz an der Elbe, am Wochenende finden sich hier immer ein paar Gleichgesinnte zum Klönen und Touren.

Nach wenigen Kilometern erreichen wir die Marktstadt Elmshorn. Hier führte im Mittelalter eine Furt durch die Krückau. Mehr als 1000 Jahre lang kämpften sich Pilger, Händler, Soldaten und Ochsentreiber mühsam auf dem historischen Ochsenweg vom jütländischen Viborg im Norden Dänemarks bis Wedel an der Elbe durch. Dort wollen wir auch hin. Auf schmalen Pfaden erkunden wir die Haseldorfer Marsch mit ihren weiten Wiesen und uralten Bauernhöfen. Die Pinnau schlängelt sich dabei träge durch das flache Land Richtung Elbestrand; auch sie muss ein Sperrwerk passieren. >

TOUREN-TIPP

Ein Spaziergang durch den unter Denkmalschutz stehenden **Alten Elbtunnel**, der vor gut 100 Jahren erbaut wurde, um zigtausenden Werftarbeitern von St. Pauli einen kostenlosen und witterungsunabhängigen Weg zu den gegenüber liegenden Werften zu ermöglichen. Der Eingang befindet sich direkt bei den Landungsbrücken.

GPS 53.54567, 9.96660

Kühn konstruierte Brücken gibt es entlang der B 5.

Nach Wedel rollen wir durch Hamburgs Nobelvorort Blankenese. Der Ort schmiegt sich an einen markanten Steilhang, den dicht an der Elbe aufragenden Süllberg.

Als wir anschließend die Elbchaussee für einige Kilometer unter die Räder nehmen, kommen wir dem Strom sehr nahe. Ohne es zu merken, queren wir dabei den Elbtunnel, durch den die Autobahn A7 führt. Wir bollern am Altonaer Fischmarkt vorbei, dessen weite Flächen in den Sommermonaten sonntags ab fünf Uhr morgens die Nachtschwärmer der Reeperbahn und andere Erlebnishungrige anlocken. Mit viel Brimborium bieten dann Marktschreier angebliche Kostbarkeiten und einmalige Gelegenheiten an.

Für immer vor Anker

Einen weiteren Stopp sind die weithin sichtbaren Landungsbrücken wert. Von hier aus starten Hafenrundfahrten, Hafenfähren und Schiffe nach Helgoland. Zu Recht wird die schwimmende Anlegestelle auch als „Wasser-Bahnhof" bezeichnet. Hier ist auch seit 1983 das Museumsschiff Rickmer Rickmers für immer vor Anker gegangen.

Die über 100 Jahre alte stählerne Dreimastbark segelte einst zwischen Bremerhaven, Hong Kong und Chile, wechselte fortwährend ihre Namen und Eigner, bis sie vor der Verschrottung gerettet, zu einem weiteren Wahrzeichen Hamburgs aufblühte.

Dank der nahen B 4 und B 75 gelangen wir zurück über den Elbstrom. Es geht vorbei an gigantischen Kränen, dunklen Hafenbecken und bunten Containern aus aller Herren Länder in den Süden der Hansestadt, wo unsere Tour begann. ◂

TOUREN-STECKBRIEF

STRECKENLÄNGE 380 Kilometer

ROADBOOK Hamburg, Horneburg, Stade, Jork, Hamburg, Pinneberg, Glückstadt, Kollmar, Elmshorn, Wedel, Hamburg

CHARAKTERISTIK Die Strecken sind gut ausgeschildert, die Verkehrsdichte im Alten Land und in den Elbmarschen ist gering. Wer die lohnenswerte Stadtdurchfahrt scheut, oder Fahranfänger ist, kann weite Teile der Tour über die Fähre Glückstadt-Wischhafen fahren.

ATTRAKTIONEN Die Obstblüte im **Alten Land** (tourismus-altesland.de), die Matjeswochen in **Glückstadt** (glueckstadt-tourismus.de). In **Hamburg**: eine Hafenrundfahrt (hamburg.de), der Ausblick vom **Michel** (53.54837, 9.97814), ein Fischbrötchen an den **Landungsbrücken** (53.54569, 9.97097) und die alljährlichen **Hamburg Harley Days** (hamburgharleydays.de).

UNTERKUNFT Das historische Hotel **Zollenspieker Fährhaus** am Elbstrom markiert Hamburgs südlichsten Punkt. Die Zimmer sind komfortabel, individuell und geschmackvoll eingerichtet. Ob nur auf einen Kaffee auf der Terrasse oder für mehrere Tage – Motorradfahrer sind stets willkommene Gäste. **zollenspieker-faehrhaus.de**

Hohenwestedt
Neumünster
Burg (Dithmarschen)
Kellinghusen
unsbüttel
Wilster
Itzehoe
Bad Bramstedt
St. Margarethen
Krempe
A 23
Kaltenkirchen
Freiburg (Elbe)
Glückstadt
Horst
Henstedt-Ulzburg
Wischhafen
Kollmar
Elmshorn
Elbe
Quickborn
Neuendorf
Drochtersen
Uetersen
Norderstedt
Hemmoor
A 7
Moorrege
Pinneberg
mstedt
Holm
Halstenbek
Himmelpforten
Schenefeld
Stade
Wedel
Grünendeich
Cranz
Hamburg
Jork
Horneburg
A 26
Bremervörde
Buxtehude
Harsefeld
Ahlerstedt
Rosengarten
Seevetal
A 1
Selsingen
Buchholz in der Nordheide
Zeven
7,5 km
Jesteburg

TOUR 5 ANGELN UND SCHWANSEN

Wind-Gesichter

Wetterfeste Motorradreisende können sich auf einer Tour zwischen der Eckernförder Bucht und Flensburger Förde eine Prise salzige Meeresluft um die Nase wehen lassen. Wer die Ostseeküste ausreichend erkundet hat, macht sich auf ins Hinterland von Angeln und Schwansen, wo einst die wilden Wikinger herrschten.

Der mit den Schafen spricht: Kuschelige, vierbeinige Rasenmäher am Deich von Falshöft.

Vor gut 1 000 Jahren fuhren die Wikinger in ihren imposanten Drachenbooten um die halbe Welt. Der bedeutendste Handelsplatz war Haithabu am Haddebyer Noor, in der unmittelbaren Nähe Schleswigs.

Hinterlassenschaften aus ihrer Glanzzeit geben Auskunft über die Handelswege, die Christianisierung und die sprachliche Entwicklung. Da wäre der Runenstein bei Busdorf, der folgende Inschrift trägt: „König Sven setzte diesen Stein für seinen Gefolgsmann Skarde, der nach Westen gezogen war, aber nun fiel bei Haithabu".

Eindrucksvolle Funde mit Gruseleffekt sind auch die mumifizierten Moorleichen oder das Nydam-Boot in der Nydam-Halle im Schloss Gottorf. Motorradreisende, die mehr über die „wilden Nordmänner" erfahren möchten, sollten sich unbedingt Zeit für einen Rundgang durch das Wikinger Museum Haithabu nehmen.

Anspruchsvolle Kurven

Doch uns zieht es erst einmal in die weiter südlich gelegenen Hüttener Berge. Anspruchsvolle Kurven und Höhenunterschiede, die niemand im flachen Schleswig-Holstein vermuten würde, schenken jede Menge Fahrspaß.

In Ascheffel, am Fuße des 98 Meter hohen Aschbergs, startet die Auffahrt zum „Gipfel". Dort warten das Restaurant „Aschberger Stuben" mit

Der Runenstein von Busdorf ist eine bleibende Erinnerung an das Wikingerreich.

Fisch, nix als Fisch in Maasholm.

Kaffee und Kuchen, und der alte Bismarck ganz in Bronze. Zu seinen Füßen genießen wir den Panoramablick über Buchenwälder, Seen und Knicks bis an die Eckernförder Bucht.

Wenig später erliegen wir dem Reiz der Nebenstrecke und bummeln am Bistensee und Westensee entlang nach Eckernförde. Durch verwinkelte Gassen schleichen wir bis an das Hafenbecken. Unter dem gewaltigen Getreidesilo liegen Fischkutter, Sportboote und Traditionssegler am Kai. Möwen zanken sich um Fischabfälle. Es riecht nach Meer.

Über den Ortsteil Borby gelangen wir auf die charaktervolle Landstraße, die uns zu einer weiteren Hinterlassenschaft unserer Ururahnen führt: In der Jungsteinzeit, also noch recht lange vor den Wikingern, wurde in Karlsminde ein Hünengrab errichtet. Das 56 Meter lange, so genannte Langbett, wird von einer mächtigen Baumgruppe umsäumt und liegt nur wenige hundert Meter von der Eckernförder Bucht entfernt.

Auf nach Angeln

Wir wollen aber weiter nach Kappeln, um aus der Landschaft Schwansen hinüber nach Angeln zu wechseln. Nicht zu übersehen ist die noch intakte Kappelner Reusenanlage aus dem Mittelalter. Der Fischfang gehört wohl zum ältesten Gewerbe des Ortes, die kleine Stadt steht Jahr für Jahr Kopf, wenn die „Heringstage" gefeiert werden.

Wir stellen die Bikes an der Kaimauer ab und erkunden die Umgebung. Eisenbahnfreunde kommen beim Besuch der nördlichsten Museumseisenbahn Deutschlands voll auf ihre Kosten und Fernsehnarren suchen in den Altstadtgassen nach den Drehplätzen der ZDF-Serie „Der Landarzt". >

Die Windmühle „Hoffnung“ hat noch zahlreiche Schwestern entlang der Ostseeküste.

Von weitem sichtbar ist die 30 Meter hohe Holländermühle, die aber schon lange außer Betrieb ist. Jetzt finden wir hier den Fremdenverkehrsverein und das Standesamt, auch für Auswärtige. Ebenfalls zum Stadtbild gehören drei Schornsteine mit den Buchstaben A-A-L. Sie weisen auf Kappelns Räucherei hin.

Fisch mit Ambiente

Prompt meldet sich der kleine Hunger. Wo bekommt man frischen Fisch mit dem passenden Ambiente? Richtung Gelting, dann ab nach Maasholm. Auf einer schmalen Landzunge liegt der beschauliche Fischerort.

Frech mogeln wir uns an einer Schranke vorbei und parken unsere Motorräder direkt am Hafenbecken. Nach Lust und Laune, oder auch nach dem entsprechenden Geldbeutel, kann man sich hier sein „Liebling-Lokal" aussuchen. Wir entscheiden uns heute für den Typ „rustikal": Fischbrötchen auf die Hand.

An längst vergangene Zeiten erinnert die Skulptur „Aal-Peter", damals wurde der Aal mit einer riesigen Gabel „gestochen". Diese Fangart ist heutzutage verboten.

Beim Blick zum Horizont entdecken wir den Leuchtturm Schleimünde auf der Lotseninsel. Den gab es natürlich noch nicht zu Zeiten der Wikinger. Die Seefahrt bei Nacht oder Nebel ist seit Menschengedenken ein gefährliches Unterfangen. Leuchttürme sichern daher die Wasserstraßen. Das nächste rot-weiß-geringelte Leuchtfeuer in Falshöft beherbergt auch ein Trauzimmer und bugsiert verliebte Süßwassermatrosen in den Hafen der Ehe.

Der menschenleere Strand steht den Unentschlossenen zur Verfügung, um zum Beispiel das Für und Wider des Ja-Wortes in aller Ruhe zu überdenken. Während die hoch aufragenden Seezeichen regungslos der ständig vorherrschenden Brise trotzen, kommen die zahlreichen Windmühlen erst mit wachsender Luftströmung in Wallung.

Sehenswerte Kirchen

Dritter im Kampf um die Gunst der Motorradreisenden sind die vielen äußerlich schmucklosen Kirchen, die mit inneren Werten Besucher staunen las-

TOUREN-TIPP

Die Landschaften Angeln und Schwansen kann man mit der **MS Stadt Kappeln** anders genießen: Das Ausflugsschiff verkehrt zwischen Kappeln, Schleimünde und der Domstadt Schleswig. Bei schönem Wetter kann man draußen sitzen. Für Speisen und Getränke wird gesorgt. Landgang inklusive.

schlei-ausflugsfahrten.de

Westindiensegler brachten einst Rum von Jamaika nach Flensburg.

sen. Eine besonders schöne steht im gemütlichen Ort Steinbergkirche. Die Dorfstraße ist kürzer als der Ortsname, mit dessen Aussprechen manch wortkarger Norddeutscher schon den Silbenvorrat des Tages aufgebraucht hat.

An der Flensburger Förde

Völlig unerwartet geht es dann für uns auf breitem Teer bergan. Der Scheersberg ragt stolze 70 Meter über der Ostsee auf, gekrönt vom Bismarckturm. Den Schlüssel für den Aussichtsturm erhalten wir im Fitness-Center auf der gegenüberliegenden Straßenseite. Völlig außer Atem genießen wir den Rundumblick über die Landschaft Angeln, die Flensburger Förde und die Geltinger Bucht.

Vor unseren Füßen, quasi in Steinwurfweite, liegt Nübelfeld, und mitten im Ortskern die Windmühle „Hoffnung" aus dem Jahr 1841. Ein rüstiger Rentner empfiehlt uns den Besuch des nahen Museumsdorfes Unewatt, wo zwischen historischen Gebäuden und betagten Landmaschinen mehr als hundert Menschen leben und arbeiten.

Zeit für eine Pause. Norddeutsche Windgesichter und die, die es werden wollen, finden sich am Hafen von Langballigau ein. Der Bikertreff bietet einen Parkplatz, der ausschließlich für unsere geliebten Zweiräder reserviert ist, und ein fantastisches Panora-

Zweirädrige Musikdampfer am Hafen von Langballigau.

ma über die Flensburger Förde nach Dänemark.

Bei einem Pott Kaffee beschließen wir, dem Flensborg Fjord, wie der Meeresarm auf Dänisch heißt, weiter zu folgen. Das kleine Nest Holnis wird auf drei Seiten von der Ostsee umspült, manchmal scheinen die Wellen bis an die schmale Zufahrtstraße zu schwappen.

Völlig vom nassen Element umzingelt ist das Wasserschloss Glücksburg. Der schneeweiße, über 400 Jahre alte Renaissance-Bau liegt in einer parkähnlichen Anlage und ist immer einen Halt wert.

Zum wiederholten Male kurven wir unerwartet steil bergan und gelangen zum Flensburger Stadtteil Mürwik, wo graue Kasernenbauten die Straße säumen. Die Verbundenheit zur Marine wird hier mehr als deutlich. Wir erreichen den Hafen der zweisprachigen Grenzstadt, die schon lange vor Werners ploppendem Bölkstoff in aller Munde war: Die Westindiensegler brachten seit dem 18. Jahrhundert den hochprozentigen Jamaika-Rum nach Flensburg, wo er dann auf Trinkstärke verdünnt wurde.

Salz auf den Lippen

Die Traditionssegler am Kai verströmen noch heute einen Hauch jener längst vergangenen Epoche. Als wir dort die Motoren ausschalten, spüren wir Salz auf unseren Lippen, lauschen dem Geschrei der allgegenwärtigen Möwen und dem Lied des rauen Windes.

Wir scheuchen die Maschinen südwärts übers flache Land, queren die Treene und gelangen schließlich nach Schuby. Die Endung „-by" stammt übrigens aus der Zeit der Dänenherrschaft und bedeutet Ort oder Dorf.

Das romantische Wasserschloss von Glücksburg.

Früher dehnte sich das dänische Königreich bis an die Elbe aus, denn Schleswig-Holstein gehört erst seit 1867 zu Preußen.

Uralter Ochsenweg

Wir bewegen uns auf historischem Boden: Auf dem uralten Ochsenweg wurden dänische Rinder südwärts getrieben, er verband nicht nur Viborg in Nordjütland mit Altona an der Elbe, sondern auch Flensburg und Haithabu im Wikingerreich.

Ganz in der Nähe ruht seit über 1000 Jahren der mächtige Wikingerwall Danewerk. Hier wurde damals der Zugang zur jütländischen Halbinsel Dänemark kontrolliert.

Mitte des 19. Jahrhunderts standen sich Dänen und Deutsche in einer Schlacht gegenüber. Die Dänen unterlagen und mussten sich auf das heutige Staatsgebiet zurückziehen.

In Schleswig, am 46 Kilometer langen Ostseefjord Schlei scheint der schlanke, 85 Meter hohe Wikingturm in den stahlblauen Himmel zu wachsen, als wir der gut ausgebauten B 76 bis zur Abfahrt Kosel folgen, Ziel ist die Fähre Missunde. Das andere Ufer ist in Steinwurfweite; die Fähre pendelt fleißig hin und her. Der Besuch des Cafés lohnt sich, denn der Blick auf die Schlei und die vorüberziehenden Boote ist einfach herrlich.

Die kleinen Landstraßen haben einiges zu bieten: beschauliche Dörfer, leuchtende Rapsfelder, kleine Wälder und jede Menge Kurven. Wir nehmen Kurs auf die Klappbrücke bei Lindau-

Früher wurden dänische Rinder über den Ochsenweg bis nach Altona getrieben.

Das idyllische Städtchen Schleswig am Ostseefjord Schlei.

nis, die als echter „Verkehrsknotenpunkt" gilt. Bahn, Autos und Motorräder müssen sich die einspurige Brücke teilen. Sie wird jede Stunde einmal geöffnet, damit die Segler mit ihren hohen Masten passieren können.

Zwischen Thumby und Winnemark zweigt eine wunderschöne Allee hinunter zur Schlei ab. Knapp zwei Kilometer lang flackert das Sonnenlicht durch die Baumkronen, als sich plötzlich ein kleiner Sandstrand vor unsere Vorderräder wirft. Pause!

Das Schilf raschelt leise im Wind, und wir sinnieren darüber, wie es hier wohl vor 1000 Jahren ausgesehen haben mag. Die Ein-Mast-Boote der Wikinger, aus Eichenholz gebaut, konnten Waren oder 80 Passagiere transportieren, Schilde schützten bis zu 30 Ruderer. Von Haithabu aus wurden die Schiffe auf dem Landweg bis an die Treene gebracht, dann ging es flussabwärts in die Eider, die bei Tönning in die Nordsee mündet. So wurde die riskante Umrundung des Skagerraks vermieden. Dies ist Teil der Nordsee zwischen Jütland Norwegen und Schweden.

Seglerparadies Schlei

Wieder im Sattel zieht es uns zur nächsten Fähre. Kurz vor Sundsacker schwingt sich die Straße über einen kleinen Hügel, von hier aus hat der Motorradreisende einen tollen Ausblick auf das Seglerparadies Schlei, bevor er mit der Fähre nach Arnis übersetzen könnte. Wir wechseln jedoch erst in Kappeln auf das nördliche Ufer. Die Stadt Arnis, ein winziger Ort mit Stadtrecht, besteht aus einer einzigen, lang gestreckten Straße. Das Kopfsteinpflaster schüttelt uns mächtig durch, aber man muss die „Puppenstube" einfach gesehen haben. >

Die folgenden zehn Kilometer bis Lindaunis sind doppelt schön. Zum einen kann man flott durch die leicht hügelige Gegend düsen, zum anderen liegt die Schlei immer in Griffweite am linken Außenspiegel. Auch die Straße spielt mit, die Kurven inmitten weiter Felder und Wiesen sind gut einsehbar und der Belag einwandfrei.

Auf der folgenden Etappe, Lindaunis bis Brodersby, macht sich die Schlei etwas rar. Auf leisen Reifen schleichen wir uns anschließend durch die Hintertür nach Schleswig hinein und achten dabei auf die Ausschilderung „Holm" und „Hafen". Leben und Arbeiten direkt am Wasser, führte zur Gründung dieser alten Fischersiedlung.

TOUREN-STECKBRIEF

STRECKENLÄNGE: 280 Kilometer

ROADBOOK Brodersby, Busdorf, Eckernförde, Maasholm, Glücksburg, Flensburg, Schleswig, Arnis, Schleswig, Brodersby

CHARAKTERISTIK Vielfältiger kann sich Schleswig-Holstein kaum zeigen. Die gut ausgebauten Hauptstraßen kommen stressfrei daher, auf den schmalen Nebenstrecken muss aber immer wieder mit landwirtschaftlichen Fahrzeugen gerechnet werden. Auch von Fahranfängern problemlos meisterbar.

ATTRAKTIONEN Neben der fotogenen Rapsblüte im Mai bezaubern die Moorleichen und das Nydam-Boot in **Schloss Gottorf** (54.51147, 9.54102), das **Wikingermuseum Haithabu** (54.49731, 9.56888), das Glücksburger **Wasserschloss** (54.83254, 9.54500) und das **Dannewerk** (54.48390, 9.49840) nahe Schuby.

UNTERKUNFT Wo muss man nach einer Tour durchs Wikingerland übernachten? Natürlich im **Hotel Wikingerhof**! Komfortabel wohnen und genüsslich speisen, fast genau in der Mitte des Landes zwischen den Meeren. Nord- und Ostseeküste sind nur jeweils 45 Fahrminuten entfernt. Sauna, Bikerspecials.

wikingerhof.de

Nur noch wenige Fischer

Ein Spaziergang durch die historischen Gassen mit den kleinen, schmucken Häusern gehört zum Pflichtprogramm, auch wenn hier nicht mehr viele Fischer wohnen. Ein paar Gehminuten entfernt und ebenfalls einen Besuch wert ist der Schleswiger Dom, der um 1100 erbaut wurde. Selbst Nicht-Kirchgänger werden von dem Aussehen und der Geschichte des kunstvoll geschnitzten Altars sicherlich beeindruckt sein. Der 112 Meter hohe Kirchturm wurde erst 700 Jahre später, als Geschenk des preußischen Königs erbaut und prägt heute die Skyline Schleswigs.

Nur wenige Kilometer später treffen wir wieder auf das Wikinger Museum Haithabu. Der Kreis schließt sich also. Wer Lust auf das wilde Treiben der Nordmänner hat, sollte die jährlich im August wiederkehrenden „Wikingertage" nicht verpassen. ◂

41
Gråsten
DK
Sønderborg
Holnis
Bockholm
borg
Glücksburg (Ostsee)
OSTSEE
Harrislee
Flensburg
B 199
Nieby
Husby
Steinbergkirche
Gelting
Hasselberg
Sörup
Wormshöft
Oeversee
Satrup
Maasholm
A 7
D
Kappeln
Süderbrarup
Arnis
Böklund
Sieseby
Ulsnis
Hestoft
Brodersby
Rieseby
Schleswig
Schuby
Busdorf
Karlsminde
Hüsby
Kosel
Güby
Eckernförde
B 77
Ascheffel
Brekendorf
Gettorf
Kropp
Owschlag
5 km

Reif für die Insel

Vom Binnenland an die Waterkant führt die Rundreise durch Ostholstein und zur Insel Fehmarn. Wer endlose Geraden erwartet, wird enttäuscht: Dort locken die Kurven und Seen der Holsteinischen Schweiz und die stillen Winkel entlang der Vogelfluglinie.

Die leuchtenden Rapsfelder sind typisch für die Holsteinische Schweiz.

Morgendunst liegt über dem Großen Plöner See, ab und zu ist ein Wasservogel zu hören, irgendwo da draußen tuckert ein Bootsmotor, der Fischer holt die Netze ein. Wir sitzen auf den noch feuchten Planken der Bootsanlegestelle Plöner Stadtbucht und warten auf die ersten wärmenden Sonnenstrahlen des Tages. Voller Vorfreude auf die heutige Tagestour geht es hinaus Richtung Lütjenburg.

Plöner Panoramatour

Was dann kommt, kann man als Panoramatour bezeichnen: Auf der Strecke über Rathjensdorf und Theresienhof nach Tramm geht der Blick von den sanften Hügeln hinüber auf die Skyline Plöns. Wie eine Insel liegt die Kreisstadt mit ihrem weißen Schloss, eingerahmt von vielen großen und kleinen Seen, vor uns. Lange bevor Plön Herzogsstadt wurde, herrschten hier die Slawen. Sie gaben der Schwentine, die am Bungsberg entspringt, fast alle wichtigen Seen durchfließt und letztendlich in die Kieler Förde mündet, ihren Namen: Swentana, heiliger Fluss.

Ab Wittmoldt kann man den Wasserlauf begleiten. Am Hof Gut Wahlstorf überquert eine kleine Brücke den Flusslauf, Kanuten winken herauf. Die Welt scheint nur noch aus drei Farben zu bestehen: Gelb, Blau und Grün. Jetzt, Ende Mai, Anfang Juni steht der Raps in Vollblüte.

Die kurvige, verträumte Straße schmiegt sich an die Ränder der Fel-

Hoch über dem Großen Plöner See ruht das Plöner Schloss.

der und Wiesen, bis in Ascheberg die Umrundung des Großen Plöner Sees beginnt. Er ist mit 2 910 Hektar der größte See Schleswig-Holsteins. Unterwegs zu seinem Südzipfel, rollen unsere Motorräder durch eine Landschaft, wie sie idyllischer nicht sein kann: geheimnisvolle Forste, kilometerlange Alleen, Sonnenstrahlen flackern wie Discolichter ins Helmvisier und immer wieder Blicke auf die glitzernde Wasserfläche.

Biker sucht Frau

Kurz vor Malente machen wir Halt bei einem Reisenden der letzten Eiszeit. Der hier entdeckte 126 Tonnen schwere Findling kam mit den Gletschern aus dem 600 Kilometer entfernten Småland in Skandinavien. Ein paar Kilometer mehr sind es bis in die Schweiz. Der Hotelier Johannes Janus erfand den Namen „Holsteinische Schweiz" 1885 für sein Hotel am Kellersee. So war der touristische Beiname für die umliegende Seenplatte geboren.

Nach einem kurzen Blick über Malentes Sahnestück, die Dieksee-promenade, gelangen wir auf einem Abschnitt der Deutschen Ferienstraße „Alpen-Ostsee" am Ortsrand von Eutin vorbei in den dunklen Dodauer Forst.

Heiratswillige Biker werden ihn vielleicht kennen, Deutschlands wohl ungewöhnlichsten Briefkasten: die Bräutigamseiche. Über eine bemooste

Das Eutiner Schloss hat eine slawische Vergangenheit.

Vom Bungsberg aus kann man große Teile des Nordlands bis an die Ostseeküste überblicken.

Leiter gelangen wir an das, leider leere, Astloch der 500 Jahre alten Eiche, einer Adresse, die sogar offiziell von der Post angefahren wird.

Berühmte Rosenstadt

Die Rose: Blume der Liebe. Die Kreisstadt Ostholsteins ist berühmt als Rosenstadt. Bei einer Rundfahrt durch die alten, kopfsteingepflasterten Gassen entdecken wir unzählige, prächtige Rosenstöcke vor betagten Fachwerkhäusern. Wer bereits in festen Händen ist und langsam Appetit verspürt, findet im „Fährhaus Ukleisee" in Sielbeck Genüsse für Augen und Gaumen. Auf der direkt am Kellersee gelegenen Terrasse schmeckt der fangfrische Fisch gleich noch einmal so gut.

Durch Buchenwälder schlängelt sich die Straße hinauf nach Kirchnüchel. Die Luft wird dünner, schließlich ist man hier schon 100 Meter über dem Meeresspiegel. Ohne eine einzige Kehre erreichen wir den Bungsberg, mit sage und schreibe 168 Metern die höchste Erhebung Schleswig-Holsteins, wie die geschwungenen Hügel um uns herum ebenfalls ein Überbleibsel der letzten Eiszeit.

Weil hier oben Gastronomie ein Fremdwort ist, treiben wir unsere Maschinen weiter nach Lensahn, um dort im Bikertreff Café Chrome einen Pott Kaffee zu schlürfen. Parallel zur A 1 cruisen wir dann auf der Landstraße durch Heiligenhafen nach Großenbrode. Hier beginnt die Brückenauffahrt zur Insel Fehmarn.

Reif für die Insel

Auch wenn es die „echten“ Insulaner anders sehen: Seit der Fertigstellung der Fehmarnsundbrücke im Jahr 1963 ist Fehmarn wie mit einer gigantischen Nabelschnur mit dem Festland verbunden. 23 Meter über der Wasseroberfläche bietet die Brücke einen fantastischen Ausblick auf Ostholstein, die Insel und unzählige Segelboote.

Kaum senkt sich die Abfahrt hinunter auf die 185 Quadratkilometer große Scholle, setzen wir den Blinker und verlassen die verkehrsreiche Strecke über die Ausfahrt Avendorf.

Neuer Kurs: die Inselhauptstadt Burg auf Fehmarn. Uriges Kopfsteinpflaster und alte Fachwerkhäuser entlang schmaler Gassen prägen das Kleinstadtbild. Kräftig durchgeschüttelt erreichen wir den alten Fährhafen Burgstaaken. Er wurde mit dem Bau der Brücke und der Entstehung des Skandinavien-Fährterminals Puttgarden fast um seine Existenz gebracht, denn früher wurde der ein Kilometer breite und bis zu neun Meter tiefe Sund mit Fähren überquert.

Heute ist der Hafen ein beliebter Liegeplatz für Sportboote und Fischkutter. Zum Trocknen ausgebreitete Netze verbreiten ihren eigenen Duft, Möwen kreischen, Kuttermotoren laufen warm, sind bald fertig zum

Äußerst beliebt ist der Biker-Treff Café Chrome in Lensahn.

Auslaufen. Hafenidylle pur. Bei einem weiteren Pott Kaffee und dem obligatorischen Fischbrötchen noch ein schneller Blick auf die Generalkarte. Verfahren aber ist unmöglich, denn alle Wege führen nach Burg.

Östlichster Punkt

Auf ziemlich menschenleeren Straßen schwingen wir an windschiefen Bäumen und Knicks vorbei zum östlichsten Punkt des Eilandes, dem Leuchtturm von Staberhuk. Der Fehmaraner übrigens bezeichnet ins Meer ragende Landnasen, auf denen ein Leuchtfeuer steht als „Huk“. Einmal nicht aufgepasst und eine Lücke im Knick übersehen, ergreift der Wind urplötzlich seine Chance und drängt das Motorrad aus der Spur. Hier an der Ostsee geht gerne eine steife Brise. Hunderte von Windrädern sind über die ganze Insel verteilt und nutzen den ständigen Luftstrom zur Energiegewinnung.

Anschließend tasten wir uns an der Küstenlinie entlang nach Norden zum nächsten Leuchtfeuer, der Marienleuchte. Auch hier leuchtet der knallgelbe Raps, sein schwerer Duft findet den Weg in den Helm und betäubt die Sinne.

Emsige Fischer am Hafen Burgstaaken.

Im Fährterminal von Puttgarden herrscht reger Betrieb. Eine Fähre nach der anderen öffnet ihr Riesenmaul für Kraftfahrzeuge aller Art auf dem Weg von und nach Rødbyhavn auf der dänischen Insel Lolland.

Der Name Vogelfluglinie stammt von den unzähligen Zugvögelschwärmen, die ganz von selbst ebenfalls die kürzeste Strecke (Fehmarn-Belt) für ihre Ostseeüberquerung nutzen.

Unsere Rundtour geht weiter: Am Strand von Gammendorf angekommen, macht ein Gedenkstein darauf aufmerksam, dass die sonst so friedliche Ostsee im Sommer 1932 das Segelschulschiff „Niobe“ verschlang. Acht Kilometer vor der Küste brachte eine Gewitterbö das Schiff zum Kentern: 69 Menschen fanden den Tod. Seitdem heißt hier fast alles „Niobe“: das Restaurant, das Café, der Imbiss, der Campingplatz, eigentlich der gesamte Strandabschnitt.

Sackgassen zum Strand

Wer auf die Rente scharf ist, kann sich aufs Altenteil verziehen, das gleichnamige, kleine Dorf findet sich auf dem Weg zum Leuchtturm Markelsdorfer Huk. Viele der Straßen Fehmarns führen als Sackgassen bis an den Strand. Wer Ruhe und Erholung sucht, findet immer ein einsames Fleckchen, um die Seele baumeln zu lassen, denn Fehmarn gehört zu den

Staberhuk: Naturstrand am östlichen Ende Fehmarns.

sonnenreichsten und zugleich regenärmsten Gebieten Deutschlands.

In Petersdorf ein schneller Blick auf die Straßenkarte: rechts halten, neuer Kurs: Flügge, mit dem letzten Seefahrtszeichen der Inseltour. Seinen letzten Auftritt hatte die Rocklegende Jimi Hendrix im September 1970 auf dem hiesigen Love-and-Peace-Festival, bevor er wenige Tage später in London viel zu jung versterben sollte.

Seit 1997 erinnert am Flügger Leuchtturm ein roter Granitstein an das Happening mit dem begnadeten, aber leider von Drogen abhängigen Gitarristen und Sänger. Ist die östliche Hälfte des Eilandes durch die ständigen Winde rau und spröde, wechselt auf Westfehmarn die Landschaft ins Liebliche, die Felder und Scheunen werden größer. Reiche Ernteerträge belohnten mit dem Titel „Kornkammer Schleswig-Holsteins".

TOUREN-TIPP

Vom zentralen Parkplatz im ehemaligen Fischerdorf Hohwacht auf dem Festland erreicht man in wenigen Gehminuten die hoch auf einer Steilküste gelegene Aussichtsplattform **„Kiek ut"**. Sie bietet einen grandiosen Ausblick über die Ostsee, der bei guter Sicht sogar zu den dänischen Inseln reicht.

GPS 54.32423, 10.66637

Mehr über die Historie und die Technik der vielen Mühlen Fehmarns kann man im Mühlen- und Landwirtschaftsmuseum Lemkenhafen erfahren. Mit einer herzoglichen Verordnung aus dem Jahr 1617 wurde jeglicher Bodenverkauf an Adlige untersagt. So konnten keine Großgüter entstehen, die typischen kleinen Bauerndörfer blieben erhalten.

Kurven oder Panoramen

Nicht nur das Land brachte Lohn und Brot, sondern auch das Meer. Vor der Aalkate in Lemkenhafen betreten wir die Räucherei. Die Auswahl lässt uns das Wasser im Mund zusammenlaufen. Im Garten, wo früher Netze und Boote repariert wurden, laden jetzt rustikale Bänke und Tische zum Verweilen ein. Aal, Heilbutt und Makrele verwöhnen unsere Gaumen. Der Blick geht zum Horizont, die kühn geschwungenen Bögen der Fehmarnsundbrücke sind perfekt zu erkennen.

Wieder auf dem Festland schauen wir als erstes an der Mühle von Farve vorbei. Die Dame hat ihren letzten Mahlgang lange hinter sich. Dafür kann sie heute als Ferienwohnung gebucht werden. Auf der B 202 unterwegs, stellt sich uns die Frage: Kurven oder Panoramen? Zugegeben ist die Fahrt nach Hohwacht vom Lütjenburger Ortsrand aus eine wahre Kurvenorgie, aber die Etappe

Windmühlen sind im hohen Norden stets majestätische Tourbegleiter.

ab Kaköhl bietet wesentlich schönere Panoramen. Wir wollen was fürs Auge und schwingen hinunter an die Hohwachter Bucht, deren weiße Sandstrände zum Faulenzen oder Schwimmen einladen.

Hinterm Deich

An der Straße nach Behrensdorf lockt das etwas andere Strandlokal „Genueser Schiff" zur Einkehr. Hier können Motorradtouristen ganz gemütlich in Strandkörben sitzen, Kaffee und Kuchen genießen und das Zusammenspiel von Wind und Wellen auf sich wirken lassen. Achtern Diek, hinterm Deich entlang gelangen wir zum Leuchtturm in Behrensdorf, um dann einen Haken ins Binnenland zu schlagen. Am Stöfser Berg müssen wir einen Gang herunterschalten, um die unerwartet steile Auffahrt zu meistern. Im Rückspiegel die Bucht, der große Binnensee und sattgelber Raps, soweit das Auge reicht.

Von Lütjenburg aus nehmen wir Kurs auf Panker. Das weiße Herrenhaus im englischen Park wird von Koppeln umgeben, auf denen sich die Nachfahren der berühmten Trakehner tummeln. Dann eine kurze Fahrt durch den angrenzenden Wald hinauf zum Pilsberg, schon erblickt man den schlanken Aussichtsturm „Hessenstein" mit seinen bunt verglasten Fenstern und spitzen Zinnen. >

Der Aussichtsturm Hessenstein erhebt sich auf dem Pilsberg.

TOUREN-STECKBRIEF

STRECKENLÄNGE 320 Kilometer

ROADBOOK Plön, Ascheberg, Eutin, Heiligenhafen, Großenbrode, Insel Fehmarn, Kaköhl, Lütjenburg, Selent, Plön.

CHARAKTERISTIK In den Sommermonaten muss auf den gut ausgebauten Strecken zu und von den Stränden mit höherem Verkehrsaufkommen gerechnet werden. Der ständig vorherrschende Wind fordert Aufmerksamkeit und Kondition. Die schmalen Inselstraßen sind nicht für Anfänger geeignet.

ATTRAKTIONEN Die gepflegten Schlösser der Kreisstädte **Plön** (54.15676, 10.41479) und **Eutin** (54.1377, 10.61986), einen ausgewachsenen Seeadler im Flug erleben, die Fahrt über die **Fehmarnsundbrücke** (54.39644, 11.10924) und der traumhafte Blick vom **Hessenstein** (54.32844, 10.54651).

UNTERKUNFT Inmitten der Holsteinischen Schweiz gelegen, von romantischen Seen eingerahmt, von frischer Luft umgeben und mit regionaler Küche gesegnet - so präsentiert sich der familiär geführte **Landgasthof Kasch** dem Nordlandfahrer. Tourentipps, Unterstellplätze, Anlegestelle der 5-Seen-Fahrt.

landgasthof-kasch.de

Gutes Wetter ermöglicht nicht nur eine Fernsicht bis zu den dänischen Ostseeinseln, sondern auch auf den Selenter See, der anschließend von uns umfahren wird. Der bauwütige Landgraf Otto Blome ließ im 19. Jahrhundert am Westufer ein schneeweißes Herrenhaus errichten, das im krassen Gegensatz zu den ärmlichen Katen und Scheunen der Nachbardörfer im Volksmund „Schloss" Salzau genannt wurde.

Wellen auf der Fahrbahn

Vom Selenter Ortsausgang windet sich ein schmaler Streifen Teer an drei weiteren kleinen Seen entlang nach Lebrade. Dort schlagen die Wellen der von Schilfgürteln gesäumten Teiche nicht selten auf die Fahrbahn, die sich durch das weitläufige Wasservogelparadies schlängelt. Im kleinen Rixdorf mit seiner großen Gutsscheune werden wir mächtig durchgerüttelt, denn die historische Kopfsteinpflasterpassage sorgt für „good vibrations" bis in die Zehenspitzen.

Die Schatten werden länger, Plöns Altstadt lädt zum Abendspaziergang ein. Durch kleine, schmale Gassen, sogenannte Twieten, schlendern wir hinauf zum Schlossberg. Auf der anderen Seeseite, bei Bosau, leuchten noch einmal die knallgelben Rapsfelder in der untergehenden Sonne auf. ◄

OSTSEE
Schlagsdorf
Dänschendorf
Puttgarden
Fehmarn
Presen
Orth
Burg auf Fehmarn
Wulfen
Heiligenhafen
Großenbrode
Lütjenbrode
Ölendorf
Techelwitz
Oldenburg in Holstein
Lensahn
B 501
Grömitz
Neustadt in Holstein
Kirchnüchel
B 202
Kaköhl
Behrensdorf
Gut Panker
Dransau
Fargau
Lütjenburg
B 430
Sellin
Kossau
Plön
Bad Malente
Eutin
B 76
Pfingstberg
Bosau
Bredenbek
Dersau
Ascheberg
Dörnick
Preetz
Stolpe
Großhavighorst
Dobersdorf
Kiel
Heikendorf
Stift
Dorf Pries
Laboe
Wisch
Schönberg
Schönberger Strand
Schwedeneck
10 km

Mecklenburg-Vorpommern lockt mit schmalen Straßen und weitläufigen Landschaften.

Küsten-Segler

Darf's etwas Meer sein? Zwischen den Hansestädten Lübeck und Stralsund warten Ostseestrände, schlanke Leuchttürme und fleißige Windmühlen auf entspannte Motorrad-Kapitäne, die sich gern auf das Spiel von Licht, Wasser, Wolken und Wind einlassen wollen.

Ganz sicher: Der traurige Held in Miguel Cervantes Roman „Don Quichote de la Mancha“ hätte sich an der Mecklenburger Bucht pudelwohl gefühlt. Er sah anstelle von Windmühlen Riesen und wollte sie niederringen. Zwischen Lübeck und Stralsund warten unzählige Leuchttürme und Windmühlen darauf, dem Ritter von der traurigen Gestalt Paroli zu bieten. Der kleine spanische Landadlige, von unzähligen Ritterromanen verblödet, wurde von seinem treuen Knappen Sancho Pansa und dem lahmen Klepper Rosinante begleitet. Der eine konnte ihn nicht vor Niederlagen schützen, und der andere drohte unter der Last des Reiters zusammenzubrechen.

Auf einsamen Nebenstraßen unterwegs im Klützer Winkel.

Vorbei am Dassower See

Keine Last mit der Last von Fußgängern, Fahrrädern, Autos und unseren Motorrädern hat die Priwallfähre, deren Urahnen bereits vor mehr als 700 Jahren den Transport von Waren, Tieren und Menschen über die Trave aufnahmen. Die Passage über die schmale Fahrrinne dauert nur wenige Minuten, bis wir auf das gegenüberliegende Ufer rollen. Ein schmaler und kurviger Weg mäandert dann am Dassower See entlang, immer wieder blitzen die Scheinwerfer der Stahlrösser meiner Mitstreiter im Rückspiegel auf.

In Pötenitz biegen wir zum Klützer Winkel ab, wo schroffe Steilküsten, einsame Strände, wogende Getreide- und gelbe Rapsfelder um unsere Gunst als Zuschauer buhlen.

Am Horizont werden Wasser und Himmel eins. Ganz anders als die kleinen verträumten Fischerdörfer mit ihren reetgedeckten Häusern, kommt das quirlige Ostseebad Boltenhagen daher. Segler, Surfer und Badenixen sind hier in ihrem Element. Mehr springend als rollend überwinden wir das Klützer Kopfsteinpflaster und gelangen zur Windmühle im Ort.

Nur wenige Fahrminuten entfernt führt uns eine über 200-jährige Lindenallee zum größten barocken Schlosskomplex Mecklenburg-Vorpommerns: Schloss Bothmer. Schützend legt sich ein breiter Wassergraben um die Anlage.

In der Wismarbucht

Mit reichlich Schwung wetzen wir durch die Kurven, bis wir in Wismars historischer Altstadt die Motoren abstellen. Das Gesicht der alten Hansestadt an der Wismarbucht wird heute vom Schiffbau geprägt. Mächtige Docks ragen ins Hafenbecken, riesige Kräne in den Himmel.

In der Bucht lugt ein kleines Eiland namens Walfisch aus den Wellen, dahinter wartet unser nächstes Ziel, die deutlich größere Insel Poel. Die Überfahrt ist völlig unspektakulär, weil Poel nur einen Steinwurf weit vom Festland entfernt liegt.

Am beschaulichen Timmendorfer Hafen ist heute Motorradtreff angesagt, unterm Leuchtturm wird Benzin geplauscht. Wenig später rauschen wir wieder durch Alleen und kleine Buchenwälder. An der Holländer-Windmühle in Stove gehen wir vor Anker, ein schmaler Kopfsteinpflasterweg reicht bis vor die geöffnete Mühlentür. >

Heiligendamm war im 19. Jahrhundert die erste Adresse an der Ostseeküste.

Bei einem Pott Kaffee und einem deftigen Schmalzbrot erfahren wir zu unserer Freude auch so einiges über die voll funktionstüchtige, über 100 Jahre alte Dame. Gut gestärkt ziehen wir unserer Wege. Am linken Blinker glitzert das Salzhaff im Sonnenlicht, wir erreichen Rerik. Den schönsten Blick auf den Ort und die verbotene, weil mit Munitionsresten verseuchte Halbinsel Wustrow bietet der Schmiedeberg. Den besten Überblick hat allerdings ein Storchenpaar, das sein riesiges Nest auf einem abgehalfterten Fabrikschornstein gebaut hat. Aber Adebar lässt sich vom Brummen unserer Motoren nicht aus der Reserve locken.

Noch weiter als das Storchennest ragt der Leuchtturm bei Bastorf über die Ostsee hinaus. Das dunkelrote Seezeichen wurde auf einem 78 Meter hohen Hügel errichtet, für kleines Geld können wir es besteigen und weit über die Mecklenburger Bucht schauen.

Der auflandige frische Seewind treibt uns vor sich her, immer die Küste entlang. Kaum haben wir das Getriebe einmal herauf und herunter gespielt, rollen wir ins Ostseebad Kühlungsborn. Zusammen mit dem benachbarten Heiligendamm, der Weißen Stadt am Meer, erinnert es mit zahlreichen alten und feudalen Villen an die Glanzzeiten im 19. und 20. Jahrhundert. Den Transport der Touristen an den weißen Ostseestrand übernimmt damals wie heute die nostalgische Bäderbahn Molli. Sie schnauft mehrmals täglich durch die hügelige, waldreiche Gegend nach Bad Doberan und zurück.

TOUREN-TIPP

Zu empfehlen ist eine Fahrt mit der Bäderbahn **Molli** zwischen Bad Doberan und dem Strandbad Kühlungsborn. Der nostalgische Dampfzug mit seinen historischen Waggons schnauft publikumswirksam durch die engen Straßen der Münsterstadt Bad Doberan, durch Feld und Flur, an Heiligendamm vorbei bis an den weißen Ostseestrand.

molli-bahn.de

Alte Inschriften

Ein weiterer Veteran erwartet unseren Besuch in Warnemünde. Mitten im Ort ragt ein 30 Meter hoher Leuchtturm über die Dächer der Stadt hinaus. Über eine enge Wendeltreppe stolpern wir nach oben. Alte, kaum lesbare Inschriften und Kritzeleien erinnern an die zahlreichen Besucher der vergangenen 100 Jahre. Sein Licht war bis zu 20 Seemeilen (37 Kilometer) weit sichtbar, bis die beiden modernen Türme links und rechts (Backbord und Steuerbord) der Warnowmündung in Betrieb gingen. >

Kurze Rast an der Windmühle in Stove.

Wind und Wasser gestalten den Steilküstenabschnitt Hohe Ufer zwischen Wustrow und Ahrenshoop.

Wieder vertrauen wir uns einer Fähre an, die uns diesmal ruhig und gelassen vom Ostseebad über den Warnowstrom in den Ortsteil Hohe Düne befördert.

Nur wenige Fahrminuten entfernt, gewährt uns das Freilichtmuseum Klockenhagen Einblicke in uralte Katen und Scheunen, zwischen denen laut schnatterndes Federvieh auf sich aufmerksam macht. Mit Dierhagen erreichen wir das „Tor zum Fischland", das an seiner schmalsten Stelle nur wenige hundert Meter breit ist.

Wustrow ist der älteste Ort der Landzunge. Mit dem Bau der Navigationsschule Mitte des 19. Jahrhunderts erhielt der Kirchturm eine Aussichtsplattform, damit die angehenden kaiserlichen Marineoffiziere fleißig den Umgang mit Karte, Kompass und Sextanten üben konnten. Von hier oben aus lassen sich die Halbinsel, das Meer und die Boddenlandschaft prima überblicken.

Wir stehen am Hohen Ufer im mecklenburgischen Ahrenshoop, 18 Meter über der Ostsee, als aus dem Südwesten ein sonores Brummen in unsere Ohren dringt. Ein kleiner, dunkler Punkt wird schnell größer und lauter. Von mächtigen Turbinen angetrieben, zieht ein Seaking-Hubschrauber der Bundesmarine auf gleicher Höhe an uns vorüber, der freundliche Co-Pilot erwidert unser Winken aus einem geöffneten Cockpitfenster. Sicher frönen Helikopterpiloten und Motorradfahrer ähnlichen Leidenschaften.

In der Künstlerkolonie

Ende des 19. Jahrhunderts fanden sich im beschaulichen Ahrenshoop, angelockt vom besonderen Licht und der Ruhe fernab des Alltages, zahlreiche Maler, Schriftsteller und Bildhauer ein und hoben mit ihrem Wirken die Künstlerkolonie aus der Taufe. Von allen politischen und wirtschaftlichen

Veränderungen unbeeindruckt blieb das Geschäft „Bunte Stube“ bis heute erhalten. Hinter der farbenfrohen Fassade werden Bücher, Ansichtskarten und Andenken angeboten. Hier verläuft auch die Grenze zwischen dem Fischland und dem Darß.

Nun heißt es aber für uns: Raus aus den Motorradklamotten, rein in die Badehose und ab in die glitzernden Ostseewogen.

Richtig gut erfrischt, ziehen wir an schmucken Häusern aller Preis- und Altersklassen vorbei und tauchen in den Darßer Urwald ein. Einige sanft geschwungene Kurven geleiten uns durch 6000 Hektar dunklen Mischwald, bevor wir in Prerow unsere PS stehen lassen und uns in ein von zwei Mecklenburger Kaltblütern gezogenes Pferdefuhrwerk setzen, das uns zum Leuchtturm Darßer Ort bringt.

Der rote Backsteinbau aus dem Jahre 1848 ist einer der dienstältesten, noch im Betrieb befindlichen Ostseeleuchttürme. Aus 35 Metern Höhe genießen wir den Ausblick übers Meer, das in enger Zusammenarbeit mit dem Wind die Küstenlinie ständiger Veränderung unterwirft.

Uralte Seemanskirche

Nach einem kleinen Spaziergang am windzersausten, naturbelassenen Weststrand kehren wir nach Prerow zurück. Hier wartet das kleine, aber feine Darß-Museum auf unseren Besuch. Die uralte Seemannskirche am anderen Ende des Ortes stammt aus der Zeit, als der Prerowstrom die Meeresanbindung bildete und eine ansehnliche Flotte im Hafen lag. Aus jener Zeit stammen auch die kostbaren, bunt bemalten Haustüren, die uns im Vorbeifahren aufgefallen sind. Einige zeigen maritime, andere wiederum florale Motive und zeugen vom Wohlstand der Hausbesitzer. Abergläubige Bewohner ließen sich angeblich gegen Blitz, Feuer und andere Naturgewalten schützende Symbole auf die Türblätter malen.

Ähnlich magische Wirkung sollen die so genannten Hühnergötter haben. Die alten Slawen glaubten, dass Feuersteine mit einem natürlich entstandenen Loch in der Mitte die

Die Meerjungfrau steht in einem Ahrenshooper Garten.

Kaffee und Kuchen im Grünen: das Café Rosengarten in Zingst.

eigenen Hühner vor bösen Geistern schützen würden. Mit wachen Augen sind die besonderen Lochsteine an vielen Strandabschnitten zu finden.

Wo das Strandleben tobt

Wir erreichen den Ort Zingst und damit das letzte, gleichnamige Drittel der Landzunge. Ein Muss ist der Besuch der Seebrücke: Wo das Strandleben tobt, schwängert ein besonderer Duft von Sonnenöl und Seetang die Luft.

Viel beschaulicher geht es dagegen am Hafen zu. Wir entern die „MS Likedeeler" und lassen uns in knapp zwei Stunden durch die vorpommersche Boddenlandschaft schippern. Mit dem obligatorischen Pott Kaffee in der Hand lauschen wir den Ausführungen des Kapitäns: Bodden sind flache Brackwassergebiete mit Anbindung an die Ostsee, in denen sich die Vogelwelt besonders wohl fühlt.

Alljährlich im Herbst rasten bis zu 4000 Kraniche in den flachen Gewässern, wo sie vor Feinden sicher übernachten. Auf ihrem Zug von Skandinavien nach Südfrankreich oder Spanien machen die grauen Vögel mit ihren charakteristischen Trompetenlauten hier Zwischenstation, um sich tagsüber auf den umliegenden Feldern für den weiteren Flug satt zu fressen.

Als ganze Kerle sind wir natürlich nicht seekrank geworden, somit steht unserer Weiterfahrt nichts im Wege. Die historische Meiningenbrücke verbindet die Halbinsel mit dem Festland. Immer morgens und abends wird das fast 100 Jahre alte Bauwerk für jeweils 45 Minuten zur Seite geschwenkt, um dem Schiffsverkehr die Durchfahrt durch die Bodden zu ermöglichen.

Auf einem schmalen Fahrdamm preschen wir durch Salzwiesen gen Süden. Schilfgürtel und Windflüchter stehen Spalier, Störche und Reiher suchen nach Essbarem. Wenig später taucht die Abzweigung nach Ribnitz-Damgarten auf. Im nahen Bodstedter Hafen treffen wir auf die typischen Zeesenboote, die bis in die 1950er Jahre hinein Schleppnetzfischerei in den Bodden betrieben. Heute dienen die Boote mit den rostbraunen Segeln nur noch dem Touristenvergnügen.

Diese Seite des Saaler Boddens scheint seit langem in Vergessenheit geraten zu sein, auf der schmalen, mit einigen neckischen Kurven gespickten Landstraße und in den Orten herrscht friedliche Stille. An der Recknitzmündung liegt der Verkehrsknotenpunkt Ribnitz-Damgarten und birgt einen besonderen Schatz: Im Deutschen Bernsteinmuseum kann das Gold der Ostsee bewundert werden. Bei bestimmten Wetterverhältnissen wird das fossile Harz von den Wellen an die Strände gespült. Aufmerksamkeit lohnt sich also.

Spalier aus Kastanien

Für unsere Rückreise nutzen wir anfangs die B 105 (die Hanseroute), grobe Richtung Westen. Um Rostock spulen wir einige Kilometer im hohen Gang ab, bevor wir bei Wis-

Zeit nehmen, Zeit haben, Zeit lassen: Slowmotion an den Bodden.

Im Hafen von Althagen liegen die authentischen Zeesenboote.

mar dann abermals auf die B 105 treffen. Danach stürzen wir uns noch einmal mutig in den Klützer Winkel hinein, wo mächtige Kastanienalleen an schmalen Landstraßen Spalier stehen. Unsere Blicke wandern weit übers Land, nichts stellt sich auf den typischen Riesenfeldern in den Weg.

Das beschauliche Grevesmühlen, eine der ältesten Städte Mecklenburg-Vorpommerns, wird jedes Jahr von Mitte Juni bis in den September Schauplatz blutrünstiger Freibeuterangriffe, wenn beim gut besuchten Piraten Open Air Käpt'n Flint mit seinen Korsaren auf große Kaperfahrt geht.

Die auf einer Anhöhe thronende Windmühle, hübsches Wahrzeichen des Ortes, bleibt aber immer von den Scharmützeln verschont. Es sei denn, man hat die Gene von Don Quichote de la Mancha im Blut, dann muss man natürlich gegen Windmühlen kämpfen! ◂

TOUREN-STECKBRIEF

STRECKENLÄNGE 400 Kilometer

ROADBOOK Travemünde, Pötenitz, Wismar, Timmendorf (Insel Poel), Kühlungsborn, Heiligendamm, Warnemünde, Wustrow, Zingst, Wismar, Travemünde

CHARAKTERISTIK Die Straßen sind in einem sehr guten Zustand, die Ausschilderungen ohne Fehl und Tadel. Die Tour ist auch Fahranfängern zu empfehlen, lediglich an den Fähren ist besondere Vorsicht geboten.

ATTRAKTIONEN Alle **besteigbaren Leuchttürme** der Region, der Besuch des Bikertreffs **Alte Tanke** in Wustrow (54.35018, 12.40167), eine Boddenfahrt mit dem **Zeesenboot** (zeesbootfahrten.de) und ein Spaziergang am naturbelassenen **Darßer Weststrand** (54.39320, 12.55038). Ein Stopp an der **Bunten Stube** in Ahrenshoop ist ebenfalls Pflicht (54.38158, 12.42017)!

UNTERKUNFT Das unweit der Küste gelegene **Ostsee-Gutshauss** bewahrt unter seinem Dach die Erinnerungen an den verstorbenen Münch-Macher Thomas Petsch, im Erdgeschoss verschiedene Münch-Motorräder, und im Keller die Mammut-Bar. Neben den Hotelzimmern können im angrenzenden Park Bungalows angemietet werden.

ostseegutshaus.de

Puttgarden
Orth
Burg auf Fehmarn
Heiligenhafen
Oldenburg in Holstein
Lensahn
Sibstin
Grömitz
Scharbeutz
A 1
Travemünde
Lübeck
Groß Grönau
Rehna
Dassow
Klütz
Grevesmühlen
Timmendorf
Wismar
Bad Kleinen
Warin
Neukloster
Passee
Satow
Teßmannsdorf
Ostseebad Rerik
Mechelsdorf
Ostseebad Kühlungsborn
Heiligendamm
Elmenhorst
Warnemünde
Rostock
Stäbelow
Sabel
Bützow
Güstrow
Zehlendorf
Laage
Beselin
Tessin
Sanitz
Marlow
Tribsees
A 20
Schwetzin
Teterow
Ostseeheilbad Graal-Müritz
Dierhagen
Ribnitz-Damgarten
Wustrow
Born a. Darß
Ostseebad Zingst
OSTSEE
20 km

Winds-Bräute

Rügen und Usedom sind Inseln der Gegensätze: auf der einen Seite Stille und Gelassenheit, auf der anderen quirliges Strandleben in historischen Seebädern.

Der rot-weiße Leuchtturm der Insel Ummanz.

Kaum haben wir Deutschlands größtes Eiland erreicht, verlassen wir die stark befahrene Europastraße und biegen in Richtung Putbus ab. Wir möchten die Insel gegen den Uhrzeigersinn umrunden. Die Schilder „Deutsche Alleenstraße" hätten man sich sparen können, denn selbst mit einem dunkel getönten Visier in einer Neumondnacht sind die uralten Buchen und Kastanien links und rechts der hügeligen, mit Kurven gespickten, Landstraße nicht zu übersehen.

Auf der Halbinsel Zudar übernehmen knorrige Eichen die Bewachung des Weges zur Glewitzer Fähre. Es ist ganz schön früh am Morgen, kein Kaffee weit und breit, der Sund liegt verlassen vor uns. Wir wenden unsere

Wo die Bäume Spalier stehen: unterwegs auf der Deutschen Alleenstraße.

Maschinen und stoßen bei Garz wieder auf die Straße der Bäume.

Geblendet werden wir zehn Kilometer später: Die Häuser der „weißen Stadt" Putbus strahlen im Licht der Morgensonne. Fürst Wilhelm Malte zu Putbus gründete 1810 die letzte klassizistisch angelegte Stadtanlage Europas, sie sollte Rügens kultureller Mittelpunkt werden. Aus dieser Zeit

scheinen auch die zahlreichen Kopfsteinpflasterpassagen bis Nistelitz zu stammen, die selbst gut sitzende Zahnfüllungen lockern können.

Am Bahnhof Alt-Sellin treffen wir auf einen weiteren Oldie, die schöne Dampfeisenbahn „Rasender Roland". Wir begleiten sie auf der parallel zum Schienenstrang verlaufenden B 196. Dabei reisen wir scheinbar lautlos, denn sein Puffen, Zischen, Schnaufen und Pfeifen übertönt unsere Motoren locker.

Hier endet die Straße

Im Südosten Rügens liegt die Halbinsel Mönchgut mit ihren weit in die Ostsee ragenden Landspitzen Nordperd und Südperd. Dort, am Thiessower Haken, liegt Klein-Zicker, umgeben von bis zu 66 Meter hohen, überwachsenen Dünenkämmen. Während die Straße hier endet, scheint die einmalige Aussicht auf den Greifswalder Bodden grenzenlos zu sein. Volle Kraft zurück. Das dann von uns angefahrene mondäne Seebad Binz wirkt wenig einladend; zu viele Verbotsschilder hindern uns daran, bis zur Seebrücke vorzustoßen.

Die Landzunge Schmale Heide trennt den kleinen Jasmunder Bodden von der Prorer Wiek. Auf ihr, besser gesagt direkt am Ostseestrand, liegt eine gigantische Hinterlassenschaft der Machthaber des Dritten Reiches: Prora. 1936 erfolgte der erste

Weithin sichtbar ist der Leuchtturm am Kap Arkona (rechts).

Spatenstich an dem gigantischen „Kraft-Durch-Freude-Bau", der mit 4,5 Kilometer Länge der Welt größtes Urlaubszentrum werden sollte. Der Kriegsausbruch verhinderte die Fertigstellung. Weniger beklemmend und völlig frei von Politik ist die Strecke entlang der ausgedehnten Mukraner Feuersteinfelder und der stark frequentierte Fährhafen Sassnitz versprüht sogar den Duft der großen weiten Welt.

Hügeliges Terrain

Mit dem Ortsende von Sassnitz tauchen wir in den Naturpark Jasmund ein. Eine schmale, spannende Straße führt durch das hügelige Terrain. Über uns wölbt sich ein dermaßen dichtes Blätterdach, dass die Tageszeit nur durch den Blick auf die beleuchtete Borduhr erahnbar ist.

TOUREN-TIPP

In einem ausgedehnten Waldgebiet zwischen Binz und Sellin liegt das **Jagdschloss Granitz** auf einer Anhöhe. Aus dem mit vier Ecktürmen ausgestatteten Bau ragt mittig ein weiterer hoch über die Baumgrenze hinaus und gewährt eine wunderschöne Aussicht. Keine direkte Anfahrt möglich, es besteht aber ein Shuttle-Service.

GPS 54.38075, 13.62672

Denkt man an Rügen, denkt man automatisch an die Kreidefelsen Wissower Klinken, Viktoriasicht und Königsstuhl. Die vom Romantiker Caspar David Friedrich in Öl gemalten Zinnen und Kegel bestehen aus Schalenresten maritimer Mikroorganismen. Mit immerhin 117 Metern über dem Meer höchster Punkt an Deutschlands Küste. Das Schönste: Hier sind wir als Motorradfahrer sehr willkommen. Eine ausreichende Zahl von Parkplätzen und der kostenlose Shuttle-Service zur Stubbenkammer machen die Besichtigung auch bei hochsommerlichen Temperaturen zum Vergnügen.

Ein unscheinbares Asphaltband lockt uns dann nach Lohme. Hier erleben wir ein einzigartiges Panorama, von dem schon Theodor Fontane schwärmte: Am nordwestlichen Horizont leuchten die hellen Felsen von Kap Arkona. Die Weiterfahrt nach Glowe versorgt uns wieder mit reichlich Kopfsteinpflaster. In allen Farben leuchten Stockrosen vor alten Katen, deren tief ins Gesicht gezogene Reetmützen vor Wind und Wetter schützen.

Silbern glitzert das Sonnenlicht auf den Wassern des großen Jasmunder Bodden und der Tromper Wiek. In Altenkirchen auf der Halbinsel Wittow ist schon das Kap ausgeschildert. Eine knapp zweispurige, dafür von Bodenwellen gepeinigte Allee glei-

Die markanten Kreidefelsen auf Rügen bilden eine spektakuläre Küstenlandschaft.

tet uns zu den Leuchttürmen von Kap Arkona. Diese sind nicht nur berühmt, sondern schon von weitem zu erkennen. Der im Jahre 1827 erbaute kantige, gedrungene Backsteinbau, nach seinem Planer Schinkelturm genannt, ist das nördlichste Gebäude Rügens. Es wird vom neuen, 35 Meter hohen Seezeichen überragt.

In die Büsche schlagen wir uns auf der Etappe zur Landzunge Bug. Über einspurige Wirtschaftswege mit Ausweichen tasten wir uns durch Mattchow und Gramtitz nach Dranske und weiter, bis nichts mehr geht und die berühmte Nachbarinsel Hiddensee in den Ostseewellen zum Greifen nahe scheint.

Das stille Rügen

Anschließend umfahren wir den Wieker Bodden und gelangen zur Wittower Fähre, die uns mitsamt der Bikes aufs andere Ufer befördert. Vom nahen Schaproder Hafen aus könnten wir nach Hiddensee übersetzen, doch dorthin dürfen wir unsere Motorräder nicht mitnehmen, denn das gesamte Eiland ist Fußgängern und Radfahrern vorbehalten.

Einige Minuten später biegen wir in Silenz zur Halbinsel Lebbin ab. Fast zehn Kilometer später erreichen wir auf der schmalen Stichstraße einen weiteren Höhepunkt unserer Rügenrundtour: den Hochhilgor. Vor langer Zeit, als die Slawen sich der Christianisierung widersetzten, diente der 44 Meter hohe Hügel noch als Opferplatz. In späterer Zeit errichtete man darauf einen imposanten Holzturm, von dem aus der Blick ungehindert über die weiten Wasserflächen der Bodden wandert. Wer scharfe Augen hat, kann bei guter Sicht die Kreidefelsen der dänischen Schwesterinsel Mön erblicken.

Dann lockt eine weitere Insel: Ummanz. Seit 1901 verbindet eine kleine Brücke das Eiland mit Rügen. Abseits der Hauptstraße durcheilen wir menschenleere Gegenden. Es ist Erntezeit und auf den Feldern ziehen Mähdrescher lange Staubfahnen hinter sich her. In Samtens hat unsere entspannte Bummelei ein Ende. Wir reihen uns auf der stark frequentierten E 251 in die Blechkarawane in Richtung Stralsund ein.

Über alte und neue Brücken

Der Ostseearm Strelasund trennt Rügen vom vorpommerschen Festland. Bis vor wenigen Jahren quetschten sich Bahn- und Straßenverkehr über die betagten Brückenkonstruktionen des Nadelöhrs Rügendamm. Seit 2007 sorgt die an filigranen Stahlseilen hängende Rügenbrücke für eine reibungslose Passage. Während der Überfahrt baut sich die Silhouette Stralsunds vor uns auf, aus der die Marienkirche mit ihrem wuchtigen Turm hervorsticht.

Auf Schusters Rappen erkunden wir die altehrwürdige Hansestadt, die dank ihrer historischen Bausubstanz zum Weltkulturerbe zählt. Am Alten Markt erheben sich die aus Backsteinen errichtete Nikolaikirche und das Rathaus mit seinen prächtigen Schaugiebeln. Direkt am Hafen, wie könnte es anders sein, tauchen wir im Naturkundemuseum Ozeaneum in die Tiefen der Weltmeere ein.

Zurück aus Neptuns Reich lassen wir uns treiben, bis wir den Greifswalder Bodden erreichen. Nur wenige Kilometer hinter der Domstadt Greifswald zweigt ein einsamer Wirtschaftsweg ab. Nach anfänglichen Zweifeln gelangen wir zum inzwischen stillgelegten und im Rückbau befindlichen Atomkraftwerk Lubmin. Dessen strahlende Vergangenheit gerät in Vergessenheit, als wir zum Fischereihafen Freest am Spandowerhagener Wiek gelangen. Farbenfrohe Kutter dümpeln am Kai, kreischende Möwen streiten um Fischreste. Und am dunstigen Horizont beginnt die offene See.

Nabelschnur nach Usedom

Das schmucke Wolgast gilt als Tor zur Insel Usedom, die stark befahrene Klappbrücke über den Peenestrom bildet eine Art Nabelschnur, die regelmäßig für den Schiffsverkehr durchtrennt werden muss. Glück gehabt, ohne Behinderung rollen wir auf das zerklüftete Eiland.

Uns interessiert der geheimnisvolle nordwestliche Zipfel. Nach Karlshagen wird der Teer schmal und wellig, viele Kurven lassen uns durch den Wald schwingen, bis wir die Inselspitze erreichen. Wernher von Braun, ein begnadeter Visionär am Fliegerhimmel, wollte mit noch jungfräulicher Raketentechnik hoch hinaus, doch statt Weltraumforschung forderten die braunen Machthaber fliegende Bomben. >

Kutschfahrten
Kaffeefahrten
Ponyreiten
HIER
Tel. 0174 - 28 43 742

Peenemünde wird Sperrgebiet und zum Raketentestzentrum ausgebaut. Das alte Kraftwerk ist jetzt Museum, daneben ragt eine V2 in den stahlblauen Himmel, die erstmals 1942 bis in 80 Kilometer Höhe stieg. Sie verbreitete wenig später als Wunderwaffe Angst und Schrecken, konnte aber den Kriegsausgang nicht beeinflussen. Die Ausstellung zu dieser Zeitepoche trägt den vielsagenden Titel „Zwischen Himmel und Hölle". Genau so wirkten leider auch die unterschiedlichen Straßenzustände auf uns.

Ruhe in Gnitz

Auf der ins Achterwasser (das Wasser hinter der Ostsee) ragenden Halbinsel Gnitz finden wir Ruhe und Entspannung zwischen Hügeln, Feldern und Wäldern, Seeblicke inklusive.

Als echtes Highlight unserer Inseltour entpuppt sich der Streckelsberg bei Koserow, dessen 60 Meter hoher Gipfel sich aber noch nicht in den Wolken versteckt. Usedoms Kapital ist der 40 Kilometer lange, von Kiefernwäldern gesäumte, weiße Sandstrand. Die Pommersche Riviera lockte im 19. Jahrhundert Kaiser und Könige an. Die bis dahin unbekannten Küstenorte Bansin, Heringsdorf und Ahlbeck erhielten eine Bahnanbindung an Berlin und stiegen zu den mondänen Kaiserbädern auf.

Langsam rollen wir durch die Villenviertel, deren verspielte Fassaden an den Sommertrubel längst vergangener Zeiten erinnern. In Steinwurfweite liegt die polnische Grenze, denn seit 1945 gehört Swinemünde zu Polen. Wir biegen hart rechts ab und sind erstaunt über ungeahnte Steigungen und Kurven im dunklen Wald am Zirowberg.

Die tolle Motorradstrecke zwischen Gothen- und Wolgastsee stößt tief ins Binnenland vor, wo Schlaglöcher und Zweitaktduft an den Sozialismus erinnern. An Obstbaumwiesen entlang, erreichen wir das verträumte Wasserschloss in Mellenthin. Auf der Halbinsel Lieper Winkel machen wir zudem Rast an der Suckower Eiche. Bereits vor 700 Jahren erwähnt, heute mit unfassbaren sechseinhalb Metern Stammumfang Naturdenkmal.

In der Stadt Usedom nimmt eine bucklige Piste ihren Anfang und führt uns zur Karniner Eisenbahnbrücke, die 1945 auf dem Rückzug der Deutschen Wehrmacht gesprengt wurde. Seitdem hängt das Mittelteil mahnend über dem Stettiner Haff in der Luft.

Zurück auf der B 110 erreichen wir mit der Zecheriner Brücke Usedoms zweite Anbindung an das Festland. Wie ihr Wolgaster Pendant klappt auch sie mehrmals täglich auf, um den Schiffsverkehr auf dem Peenestrom zu ermöglichen. Ein anderes Element faszinierte Otto Lilienthal, der 1848 im nahen Anklam geboren wurde. >

Verspielt sind die Fassaden vieler mondäner Kaiserbäder (links).

Der Traum vom Fliegen wird im Lilienthalmuseum in Anklam wahr.

Seit frühester Jugend vom Traum fliegen zu können getrieben, forschte und tüftelte er, bis ihm im besten Mannesalter erste Flüge über 25 Meter Länge glückten. Eine perfekte Ausschilderung führt uns bis vor den Eingang des sehenswerten Museums, in dem seine Gleiter in Originalgröße zu bestaunen sind. Im krassen Gegensatz zu Lilienthal benötigen wir Motoren, um unsere Maschine zum Gleiten zu bringen.

Ein kurzer Halt am verträumten Hafen von Lassan schenkt uns Gelegenheit, gemeinsam den weiteren Kurs abzustecken. Dann folgen wir dem Küstenverlauf auf abenteuerlichen Strecken, bis wir im Skulpturenpark Katzow die Motoren abstellen. Auf freiem Feld ragen riesige Holz- und Metallgebilde in den Himmel.

Apropos Himmel. Was ist eigentlich aus unseren Flugpionieren geworden? Lilienthal wurde 1896 bei einem Testflug von einer Windböe erfasst, stürzte ab und erlag seinen schweren Verletzungen. Von Braun begab sich zum Kriegsende in amerikanische Gefangenschaft. Dank seiner Fachkenntnisse wurde er später US-Bürger und Leiter des Apollo-Raketenprogramms. ◂

TOUREN-STECKBRIEF

STRECKENLÄNGE 600 Kilometer

ROADBOOK Stralsund, Halbinsel Zudar, Garz, Putbus, Thiessow, Sassnitz, Halbinsel Wittow, Kap Arkona, Halbinsel Lebbin, Insel Ummanz, Stralsund, Insel Usedom, Peenemünde, Halbinsel Gnitz, Halbinsel Lieper Winkel, Anklam, Stralsund

CHARAKTERISTIK Viele Nebenstrecken leiden unter kariösem Teer, einige Ortsdurchfahrten bremsen durch Kopfsteinpflaster. Die zahlreichen Alleenetappen sind recht eng und nichts für Ängstliche. Kap Arkona und die Kreidefelsen sind nicht direkt, sondern nur durch Shuttle-Busse erreichbar.

ATTRAKTIONEN Die berühmten **Kreidefelsen** (54.57297, 13.65406), die Leuchttürme am **Kap Arkona** (54.67795, 13.43417), Stralsunds **Ozeaneum** (54.31541, 13.0965), das **Historisch-Technische Museum** Peenemünde (54.13782, 13.76934) und die **Seebrücken** der Kaiserbäder (53.93891, 14.18614). Und nicht vergessen: das **Lilienthal-Museum** in Anklam (53.85366, 13.70428).

UNTERKUNFT Das zentral gelegene **Hotel zur Post Stralsund** ist das ideale Basislager für die Inseltouren und Ausflüge ins seenreiche Hinterland. Das engagierte Team geht voll auf die Bedürfnisse der motorradfahrenden Gäste ein und bietet neben komfortablen Zimmern und einer riesigen Tiefgarage auch tolle Tourentipps.

hotel-zur-post-stralsund.de

Putgarten
Kap Arcona
OSTSEE
Wiek
Hiddensee
Lebbin
Lohme
Glowe
B 96
Sassnitz
Ummanz
Lietzow
Bergen auf Rügen
Binz
Dreschvitz
B 96
Putbus
Göhren
Garz
B 194
Stralsund
Thiessow
Zudar
Stahlbrode
Peenemünde
Grimmen
Greifswald
Lubmin
B 109
Zinnowitz
Kühlenhagen
B 111
Wolgast
A 20
D
Ückeritz
Heringsdorf
Loitz
Schmoldow
Lassan
Lieper Winkel
Świnoujście
Jarmen
B 110
Demmin
Usedom
PL
Anklam
Oderhaff
Lindenberg
Weltzin
Sarnow
Ueckermünde
10 km

Im äußersten Norden von Hessen befindet sich Bad Karlshafen.

Lügen-Geschichten

Vor 200 Jahren erschienen die Märchen der Brüder Grimm. Ein guter Grund, um auf weiten Teilen der Deutschen Märchenstraße durch das Weserbergland zu streifen. Entlang der Weser können leichtgläubige Biker selbst im Hochsommer aufs Glatteis geführt werden.

Der Morgen ist noch jung, und die Sonne steht erst knapp über dem Horizont, als wir in der Nähe von Porta Westfalica, wo die Weser in das Norddeutsche Tiefland fließt, zu unserer Tour durch das Weserbergland aufbrechen. Zwischen Minden und Münden wollen wir gegen und mit dem Strom durch die Bundesländer Niedersachsen, Nordrhein-Westfalen und Hessen schwingen.

Die richtige Richtung gibt kein Geringerer als Kaiser Wilhelm I vor. Mit weit ausgestreckter Hand weist er uns vom hoch über der Stadt gelegenen Denkmal den Weg. Seit 1896 steht er hier und wird nicht müde, das vor ihm liegende Westfalenland anzuschauen. Wir wechseln ans östliche Ufer, gelangen auf der Bundesstraße aus dem Ort, um uns dann auf allerkleinsten Wegen an den einer Riesenschlange ähnelnden Flusslauf zu schmiegen. Träge und windungsreich, eingerahmt von den ersten Höhenzügen, kommt die Weser daher.

Die Brüder Grimm (Jacob, geboren 1785 und Wilhelm, Jahrgang 1786) sammelten unermüdlich Fabeln und Sagen. Die erste Auflage ihrer Kinder- und Hausmärchen erschien 1812 und wurde bis heute in mehr als 170 Sprachen übersetzt. Ein Beweis, dass spannende Märchen eine wesentlich längere Halbwertzeit als lasche Seifenopern im Fernsehen haben.

Aus ihrem Geburtsort Hanau strebt die Deutsche Märchenstraße seit 1975 bis ins norddeutsche Bremen mit seinen tierischen Stadtmusikanten und verbindet so märchenhafte Orte mit einigen Lebensstationen der beiden Brüder. Weite Teile führen durch das facettenreiche Weserbergland.

In der historischen Altstadt von Hameln wird noch immer dem Rattenfängern gehuldigt.

Beleidigter Rattenfänger

Rinteln und Hessisch Oldendorf sind schon aus unseren Rückspiegeln verschwunden, als uns der schwarze Teerteppich in die Rattenfängerstadt Hameln geleitet. Die zahlreichen kostenlosenMotorradparkplätzeamRande der Fußgängerzone laden zum Bummel durch die historische Innenstadt mit ihren wunderschönen Fachwerkhäusern und beschaulichen Gassen ein. Hier dreht sich alles um die Sage des Rattenfängers: Im 13. Jahrhundert wurde die von Ratten und

Mäusen geplagte Mühlenstadt Hameln von einem buntgekleideten Mann aufgesucht, der versprach, die Nager gegen einen gerechten Lohn zu bekämpfen. Kaum hatten die Bürger zugesagt, spielte er auf seiner Flöte, bis alle Schädlinge ihm zum Fluss folgten, wo sie alle ertranken.

Als ihm der Lohn verwehrt wurde, verließ er verärgert den Ort. Wenig später kehrte er verkleidet zurück und spielte wieder auf seiner Flöte, doch diesmal folgten ihm alle Kinder aus der Stadt und wurden nie wieder gesehen.

Über eine solide Brücke gelangen wir zurück aufs Westufer und nehmen Kurs auf Emmerthal. Fährüberfahrten scheuen wir, weil die Weser eine natürliche Wasserstraße ist, und die Bootsfahrt somit kostenpflichtig wäre. Das Sprichwort „Ehrlich währt am längsten" gerät in eine bedrohliche Schieflage, wenn man wie wir auf der Deutschen Märchenstraße unterwegs ist.

Der Lügenbaron

In der Münchhausenstadt Bodenwerder dreht sich alles um den Lügenbaron, der als junger Mann und aufstrebender Offizier in die Welt hinauszog und die Kriege des 18. Jahrhunderts erlebte. Ungeschoren heimgekehrt, kam Münchhausen zu seinem zweifelhaften Beinamen, weil er immer neue und fabelhaftere Episoden seines ausschweifenden Lebens zum Besten gab.

Sein „Ritt auf der Kanonenkugel" kommt uns während des Abstechers in die Rühler Schweiz im Naturpark Solling-Vogler in den Sinn: Östlich

Erst während einer Kampfpause will Münchhausen bemerkt haben, dass von seinem treuen Pferd nur noch die Hälfte übrig war.

Fulda und Werra fließen in Hannoversch-Münden zusammen und heben die Weser aus der Taufe.

des Weserlaufs steigen extrem kurvige Etappen steil bergan und verlangen nach einem kräftigen Zug am Kabel. Auf einer kurzweiligen Wald- und Wiesen Nebenstrecke umfahren wir Holzminden, um von Fürstenberg aus auf schmalem Teer erneut Höhe zu gewinnen.

Gestiefelter Kradler

Den einsamen Forsten des Sollings entkommen, erreichen wir Oedelsheim. Natürlich haben auch hier die Grimms ihre dichterische Duftmarke gesetzt. Und zwar ist die Mär vom „Gestiefelten Kater" hier angesiedelt. Die hiesige Weserfähre trägt übrigens den gleichen Namen, und als wir an uns herunterschauen, stellen wir schmunzelnd fest, dass wir alle gestiefelte Kradler sind.

Anschließend schlagen wir einen fahrerisch lohnenswerten Haken durch den Bramwald und treffen in Hannoversch-Münden auf den Zusammenfluss von Werra und Fulda, den Eltern der Weser. Hand aufs Herz: Die schmucke Fachwerkstadt ist tatsächlich der Sterbeort des märchenhaften Wanderarztes Dr. Eisenbart, dessen Sprechstunden Ende des 17. Jahrhunderts stets öffentlich und mit viel Getöse stattfanden. Seine ungewöhnlichen Behandlungsmethoden und großen Erfolge machten ihn berühmt.

Kaum in Nordhessen angekommen, machen wir uns auf den Weg zum Grimmschen Dornröschenschloss Sababurg, das zwar inmitten des sehr mächtigen Reinhardswaldes romantisch vor sich hin schlummert, aber nicht wie im Märchen beschrieben hinter einer dichten Dornenhecke. Wer den Burghof betritt und genau hinschaut, entdeckt in der

Fassade das Fenster in dem Dornröschen mit ihrem Retter zu sehen ist. Vom nahen Gottsbüren aus führt uns eine fantastische Bergstrecke nach Gieselwerder an die Weser hinunter. Auch dort haben Jacob und Wilhelm Grimm ihr Revier abgesteckt und das schöne Schneewittchen und die fleißigen sieben Zwerge beheimatet. Doch weder das Topmodel, noch die Wichte lassen sich blicken.

TOUREN-TIPP

In Dransfeld am östlichen Rand des Bramwaldes weist ein unscheinbares Schild den Weg zum **Gaußturm** auf dem Hohen Hagen. Das Rechengenie Carl Friedrich Gauß wählte im 19. Jahrhundert diesen Gipfel als Ausgangspunkt für die Landvermessung des damaligen Königreichs Hannover. Die Aussichtsplattform bietet eine fantastische Rundumsicht.

GPS 52.10434, 9.35935

Der Riese Kruko & Rapunzel

Stattdessen besuchen wir den Mühlenplatz, eine parkähnliche Anlage, wo wir zwischen Miniaturnachbildungen berühmter deutscher Burgen und Schlösser spazieren können. Ich komme mir vor wie der Riese Kruko, der vor langer, langer Zeit bei Helmarshausen auf der Krukenburg hauste. Nach seinem Tod zogen die zickigen Töchter Saba, Brama und Trendela fort und schufen sich neue Bleiben:

Die romantische Sababurg machten die Gebrüder Grimm zum Dornröschenschloss.

Einen Halt wert ist das Schloss Corvey in Höxter (unten). Beliebt ist auch der Bikertreff Köterberg (r. Seite).

Die bekannte Sababurg, die Bramburg bei Hannoversch Münden und die Trendelburg über der Diemel.

Letztere ist eng mit dem Märchen von Rapunzel verflochten: Ein von der bösen Zauberin geraubtes Baby wird in einen hohen Turm gesperrt, der weder eine Tür hat, noch über eine Treppe verfügt. Einzige Verbindung zur Außenwelt ist das in vielen Jahren gewachsene lange Haar der mittlerweile jungen Dame, das diese immer zum Fenster hinaushängt, um den Prinzen zu sich zu lassen. Heutzutage wäre die langhaarige Schönheit mit Sicherheit in jeder Shampoo-Werbung zu sehen.

Heimat für Flüchtlinge

Völlig ohne Burg kommt dann die Barockstadt Bad Karlshafen daher. Kaum zu glauben, aber wahr: Statt eines Marktplatzes finden wir in der Ortsmitte ein Hafenbecken vor. Die am Zeichentisch geplante Siedlung wurde Ende des 17. Jahrhunderts

durch Landgraf Carl von Hessen gegründet, hugenottische Glaubensflüchtlinge fanden hier außerdem eine neue Heimat.

Bei all diesen Märchen und Sagen fällt uns ein weiterer Fall von Hochstapelei nicht schwer: Von der Weserschleife aus schwingen wir hinauf zum höchstgelegenen Café des Weserberglandes: Don Pepes Kornhaus-Café in Haarbrück thront immerhin 383 Meter über dem Meer.

Mit erhöhtem Koffeinspiegel und einer Prise Übermut stoppen wir in Höxters Fußgängerzone die Motoren, um zwischen edlem Fachwerk und reich verzierten Giebeln Grimms Hänsel und Gretel zu besuchen. Die böse Hexe ist gar nicht weit entfernt: Von einer resoluten alten Dame auf unser Fehlverhalten aufmerksam gemacht, werden wir des Platzes verwiesen.

Orientalische Wächter

Eine uralte und schnurgerade Allee verbindet den Ortsrand mit dem Schloss Corvey. Wir betreten das geschützt in einem Weserbogen gelegene Anwesen durch eine imposante Toranlage: Auf der Vorderseite schauen zwei steinerne, orientalische Wächter auf uns herab, auf der Rückseite zwei mit Hellebarden bewaffnete Landsknechte.

Im 9. Jahrhundert gründete Ludwig der Fromme, Sohn des legendären

Die Pölle-Fähre wird auch von Motorradfahrern rege genutzt.

Karl des Großen, hier eine Benediktinerabtei, die zu den einflussreichsten karolingischen Klöstern zählte. Als besondere Schätze gelten die wertvolle Büchersammlung und das fast vollständig erhaltene Westwerk: ein burgähnlicher Kirchenvorbau, in dem der Kaiser oder König während seines Aufenthaltes residierte.

Klösterliche Biker

Im benachbarten Albaxen sicherte die mittelalterliche Tonenburg als eine von vielen Befestigungen das Klosterleben. Seit mehreren Jahren wird die ehemalige Festung alljährlich von unzähligen Motorradfahrern heimgesucht, denn die gastfreundliche Tonenburg hat sich erfolgreich als internationaler Biker-Treffpunkt etabliert.

Der nächste Ort für Benzingespräche ist nicht weit entfernt. In sportlicher Schräglage wedelt unsere kleine Gruppe zum Gipfel des 500 Meter hohen Köterberges empor, der von einem riesigen Sendemast gekrönt wird.

Kurvenkratzer schlürfen heißen Kaffee und genießen nebenbei die wohl schönste Aussicht über das Weserbergland. Ein kunstvoll geschnitztes Schild weist uns den Weg ins Wesertal. Nur wenige Kilometer später stoppen wir vor der Burgruine Polle mit ihrem mächtigen Bergfried.

Eine romantische Kulisse für das alljährlich von Amateurschauspielern dargebotene Gebrüder-Grimm-Märchen Aschenputtel: Ein hübsches weibliches Wesen wird von ihrer Stiefmutter und ihren Stiefschwestern drangsaliert und zu schmutzigen Arbeiten gezwungen, was ihr den Namen Aschenputtel einbringt. Als der Königsohn auf Brautschau zu einem Fest einlädt, verhindern die eifersüchtigen Schwestern Aschenputtels Teilnahme.

Voller Trauer besucht sie das Grab der Mutter. Und während sie noch weint, fallen plötzlich ein schickes Kleid, wertvoller Schmuck und ein Paar High-Heels vom Himmel. Noch in der gleichen Nacht besucht sie, mächtig aufgebrezelt, das Fest, tanzt mit dem Prinzen und verdreht ihm die Augen. Aus Angst vor Entdeckung flieht sie. Zurück bleibt ein Schuh. Am folgenden Tag sucht der verliebte Prinz nach dem dazu passenden Fuß. Selbst als der Königsohn schon auf der richtigen Fährte ist, lassen die bösen Schwestern nichts unversucht, zur Prinzessin aufzusteigen. Doch der Verliebte findet Aschenputtel und hält um ihre Hand an. Happy End!

Kurvige Strecke

Statt mit der Fähre überzusetzen, bleiben wir auf dem linken Stromufer und lassen uns von Serpentinen auf die Ottensteiner Hochfläche locken. Anfangs säumen lichte Baumreihen die schmale und verkehrsarme Trasse, später schluckt uns dichter Wald, der uns erst nahe Bodenwerder wieder entlässt. Allzu lange halten wir uns nicht im flachen Land auf, denn eine kurvige Strecke steigt verheißungsvoll nach Kleinenberg hinauf.

Ein schmaler Burggraben trennt das Wasserschloss Hämelschenburg von der Hauptstraße.

Der Lohn für unsere Mühen lässt nicht lange auf sich warten: Auf dem Rücken des Höhenzuges angekommen, können wir eine fantastische Fernsicht genießen. Die jungen Birken am Straßenrand haben sich, vom rauen Wind gebeutelt, krumm gemacht. Die steile Abfahrt ebenso. Im finsteren Forst legen wir die Maschinen von einer Schräglage in die nächste.

Am Stadtrand von Bad Pyrmont biegen wir ins Emmertal ab und nach wenigen Gasstößen stoppen wir am auffälligen Wasserschloss Hämelschenburg, das nur durch einen schmalen Burggraben von der Hauptstraße getrennt wird. Der Prachtbau gilt als Paradebeispiel für die Weser-Renaissance im 16. und 17. Jahrhundert, als aus heruntergekommenen Burgen und Hütten prunkvolle Schlösser, reich verzierte Bürgerhäuser und repräsentative Rathäuser entstanden.

Westliches Weserufer

Wieder am Fluss angelangt, langweilen wir uns ein paar Kilometer auf der B 83, um dann am Rande Hamelns die spannendere Landstraße am westlichen Weserufer entlang nach Exten zu nehmen. Es wird nicht mehr lange dauern, dann wird der Wittekindsberg mit dem Denkmal Kaiser Wilhelm I auftauchen, das rund 30 Jahre nach dem Ableben der Gebrüder Grimm feierlich eingeweiht wurde.

Wären Jacob und Wilhelm Motorradfahrer gewesen, würde es vermutlich heißen: „Und wenn sie nicht angehalten haben, dann fahren sie noch heute“. ◂

TOUREN-STECKBRIEF

STRECKENLÄNGE 420 Kilometer

ROADBOOK Porta Westfalica, Hameln, Bad Karlshafen, Hannoversch München , Höxter, Bad Pyrmont, Hameln, Exten, Wittekindsberg, Porta Westfalica.

CHARAKTERISTIK Mehr Abwechslung geht nicht. Aus dem flachen Wesertal hinauf zum Gipfel des Köterbergs, durch die unzähligen Kurven und dunklen Forste von Solling und Vogler bis an den Zusammenfluss von Werra und Fulda. Ausreichende Fahrpraxis ist vonnöten.

ATTRAKTIONEN Die historische Innenstadt **Hamelns** (52.10434, 9.35935), der **Münchhausenbrunnen** in Bodenwerder (51.97797, 9.51618), der **Weserstein** in Hannoversch-Münden (51.42038, 9.64851) und ein Blick vom Bergfried der **Burg Polle** (51.89687, 9.40686). Man ist nicht im Weserbergland gewesen, wenn der **Bikertreff Köterberg** (51.85533, 9.32441) versäumt wurde.

UNTERKUNFT Modern und dennoch traditionell zeigt sich das einladende L**andhotel Weserblick** seinen motorradelnden Gästen. Heimelige Quartiere, eine großzügige Terrasse mit Biergarten und Grillplatz runden dank perfekt ausgearbeiteter Tourenvorschläge einen märchenhaften Fahrtag zwischen Minden und Münden ab.

landhotel-weserblick.de

Hannover
Minden
Stadthagen
Laatzen
Wennigsen (Deister)
Porta Westfalica
Bad Oeynhausen
Rinteln
Sarstedt
Vlotho
Hessisch Oldendorf
B 514
B 1
Herford
Coppenbrügge
Hohenhausen
Hameln
B 217
Bad Salzuflen
Extertal
2n
Emmerthal
Duingen
Lemgo
Bodenwerder
Bad Pyrmont
Alfeld (Leine)
Detmold
Blomberg
Eschershausen
B 252
Bevern
Stadtoldendorf
33
Holzminden
B 497
Bad Lippspringe
Einbeck
Dassel
Höxter
54
Paderborn
B 83
Moringen
Brakel
B 68
Beverungen
Uslar
Bad Karlshafen
B
Lichtenau
Trendelburg
Götting
Bad Wünnenberg
Warburg
480
B 80
Hofgeismar
Diemelstadt
B 7
Volkmarsen
Hann. Münden
Diemelsee
Bad Arolsen
Vellmar
10 km
B 450
Kassel

TOURATECH
PLÖ FS 1
D
TOURATECH
BVZ
D

Drei-Klang

Es kann mächtig Spaß machen das Visier zu öffnen, um seine Nase in Dinge zu stecken, die einen wohl was angehen: in die bewaldeten Höhen von Solling und Vogler und den verhexten Westharz mit seiner 1 000-jährigen Bergbaugeschichte.

In Uslar blieben die Fachwerkfassaden von Kriegen weitgehend verschont.

Kaum haben wir unsere Maschinen mit einem beherzten Griff aus den dunklen Tiefen der Hotelgarage in das gleißende Sonnenlicht des jungen Tages katapultiert und Kurs Northeim eingeschlagen, setzen wir auch schon die Blinker, um in die wenig bekannte Region zwischen Leine und Weser abzubiegen. Immer der Nase nach folgen wir der Landstraße in Richtung Kalefeld. Anfangs gleiten wir über wohlgerundete Kuppen und bollern durch dunkle Wälder, später bleiben nur noch Kurven und Blicke übers Land.

Vor Kreiensen verführt uns eine ausgeschilderte Nebenstrecke zum Einschwenken in die Umlaufbahn um Einbeck. Auf dem Weg dorthin sorgt ein Warnschild für Verwirrung unter unseren Helmen: „Vorsicht Kamele!“ Des Rätsels Lösung schaukelt wenig später vor unseren Lenkern über den dunklen Asphalt: Die Kamele eines hier gastierenden Zirkus queren die Straße.

Zahlreiche Wehre regeln den Wasserzulauf in die Leine.

Dann begegnen wir erstmals dem Flüsschen Leine, das, ähnlich wie die Wüstenschiffe zuvor, ruhig und gelassen unterwegs ist. Wir ziehen Leine und erkunden den historischen Ortskern der Bierstadt Einbeck, dessen dunkler und starker Urbock bereits im Mittelalter weit über die Grenzen bekannt und begehrt war. Aus diesen Zeiten stammen auch mehr als 100 wunderschöne Bürgerhäuser, deren Fachwerk häufig mit Bibelsprüchen übersät ist. Zurück auf der Umlaufbahn treffen wir in Greene auf ein mächtiges Eisenbahnviadukt, das seit fast 150 Jahren von neun riesigen Sandsteinbögen getragen wird.

Unbekannte Größen

Auf einer landschaftlich reizvollen Cruiser-Strecke erreichen wir gemeinsam mit der Leine, die hier die natürliche Grenze unseres Tourengebietes bildet, Alfeld. Für die Romantiker unter uns: Nördlich vor uns befinden sich übrigens die Sieben Berge, die eine nicht unwesentliche Rolle im Märchen „Schneewittchen“ innehaben.

Doch wir wenden uns dem Süden zu, diesmal auf der Deutschen Fachwerkstraße. Links ragt der Bergrücken Selter fast 400 Höhenmeter empor, rechts greift eine Windmühle nach Schönwetterwolken. Der auf dem Rotenberge bei Stroit gelegene Galerieholländer ist die höchstgelegene Windmühle im südlichen Niedersachsen.

Üppige Fassaden in Einbeck: Im Mittelalter spülte dunkler Gerstensaft viel Geld in den Ort.

Kaum treffen wir in Brunsen auf die B 64, schlagen wir auch schon wieder einen Haken, diesmal führt uns eine fantastische Bergstrecke über den Höhenzug Hils. Zehn Kilometer kurven wir auf griffigem Teer durch den menschenleeren Forst: Fahrspaß satt. Dann preschen wir durch den Duinger Wald dem nächsten übergroßen Hügel entgegen. Anders als der rundliche Hils, zieht sich der Ith in die Länge. Weite Kurven erlauben eine flotte Gangart und bieten zahlreiche Gelegenheiten, den Blick schweifen zu lassen.

Über Coppenbrügge umfahren wir den „Lauensteiner Kopf", dem mit 439 Metern höchsten Punkt des Ithkamms. Um uns auf der folgenden Etappe nicht zu verfranzen, prägen wir uns die B-Dörfer ein: Behrensen, Bisperode, Bessinghausen, Börry und Brockensen.

Unsere mentalen Höchstleistungen werden durch ein imaginäres Füllhorn honoriert. Vor unseren Rädern breiten sich nicht nur Biegungen sämtlicher Güteklassen aus, sondern auch ein spannendes Auf und Ab durch Feld und Flur bis in den 1966 gegründeten, 52 000 Hektar großen Naturpark Solling-Vogler, der uns durch seine ausgedehnten Mischwälder aus Eichen, Buchen und Fichten beeindruckt.

Der Vogler liegt zwischen der Weser und ihrem Nebenfluss Lenne, der Gipfel des Ebersnackens erreicht nicht ganz die 500-Meter-Marke. Kurz vor Bevern stoßen wir auf die

Die kurvigen Strecken im Naturpark sind ein Eldorado für Kurvenkratzer.

Straße der Weser-Renaissance, die uns mit nach Dassel nimmt. Der Begriff „Weser-Renaissance" steht für einen Bauboom im 16. Jahrhundert, als baufällige Burgen zu schicken Schlössern umgestaltet wurden.

Mit dem Staatsforst Dassel erreichen wir den Solling, dessen höchste Erhebung, die „Große Blöße", sich keine Blöße gibt, die Messlatte auf beeindruckende 528 Meter zu hieven.

Nicht weit entfernt, im Örtchen Silberborn, halten wir an einem gut einen Meter langen Riechorgan aus massivem Eichenholz. Die Hochsolling-Nase erinnert an die Nähe zu Holzminden, das als Zentrum der deutschen Duft- und Geschmackstoffindustrie den Beinamen „Stadt der Düfte und Aromen" trägt. Wir erschnüffeln uns den Weg an die stark gewundene Weser, die uns im Westen eine klare Grenze setzt.

Anspruchsvolle Etappe

Aus dem Weiler Fürstenberg gelangen wir über ein kleines Teilstück der Deutschen Märchenstraße zur kurvenreichen B 241 nach Uslar, das am südwestlichen Rand des Sollings liegt. Wir lassen uns von über 1 000 Jahren verbriefter Geschichte in den Bann ziehen und klappen am Uslarer Wahrzeichen, dem historischen Rathaus, die Seitenständer aus. Von Kriegen weitgehend verschont, blieb das Stadtbild mit seinen prächtigen und wertvollen Fachwerkfassaden bis heute erhalten. Auf den dann folgenden Waldkilometern Richtung Harz machen drastische Geschwindigkeitsbeschränkungen deutlich, auf welch anspruchsvoller Etappe wir unterwegs sind.

Gigantischer Kahlschlag

Heute kaum vorstellbar: Das gnadenlose Abholzen von Buchen (dringend benötigt für Grubenholz, Fachwerk, Möbel und Papier) führte im 10. Jahrhundert im Harz zu einem gigantischen Kahlschlag. Große Vorkommen an Kupfer, Eisen, Silber und Kohle machten das nur 90 Kilometer lange und 35 Kilometer breite Mittelgebirge rasch zu einem führenden Bergbaurevier in Europa. Die spätere Wiederaufforstung mit schnellwachsenden Fichten prägte das moderne Gesicht des Harzes.

In Herzberg tauchen wir ins dunkle Siebertal ein. Die stark gewundene Waldstrecke lässt uns zur Bergwerksstadt St. Andreasberg hinauf tänzeln. In der Grube Samson finden wir Europas einzige noch betriebene „Fahrkunst": hölzerne Konstruktionen zum Transport von Menschen und Gestein, technische Wunderwerke vergangener Jahrhunderte. Im Jahr 2010 wurde die Grube samt Technik zur UNESCO-Welterbestätte erklärt.

Wer nicht auf Museen steht, kann alternativ an einem Fahrertraining der besonderen Art teilnehmen: Mit dem Sessellift geht es hinauf auf den Berg, um anschließend auf einem Plastikbob die Matthias-Baude-Superrutschbahn hinabzudüsen. Dank der Motorradklamotten nimmt man bei einem unfreiwilligen Ausflug in die Botanik keinerlei Schaden. Später streben wir durch den Staatsforst gen Norden nach Sonnenberg, nehmen die Harz-Hochstraße unter die Räder, entscheiden uns gegen den Umweg über Osterode und gelangen schließlich nach Clausthal-Zellerfeld.

Das Oberharzer Bergwerksmuseum lassen wir links liegen, uns zieht Deutschlands größtes hölzernes Gotteshaus in seinen Bann. Die Marktkirche zum Heiligen Geist wurde 1634 aus Fichtenholz erbaut und bietet 2 200 Menschen Platz.

Doch nun zurück auf die Harz-Hochstraße, die in Richtung Bad Grund schon deutlich an Höhe verliert. Die Abzweigung Wildemann

TOUREN-TIPP

Nur wenige Kilometer südlich von Braunlage können Motorradfahrer sich ganzjährig weihnachtlichen Gefühlen hingeben: Im kleinen Ort Zorge steht seit mehr als zehn Jahren eine funktionsfähige **WEIHNACHTS-PYRAMIDE** von ca. 4,50 Metern Höhe. Auf drei Etagen drehen sich Figuren mit typisch Harzer Berufen.

GPS 51.636117,10.632706

taucht auf, Blinker rechts und dem Lauf der Innerste bis Lautenthal folgen. Am Ortsrand der ehemaligen Freien Bergstadt stoppen wir die Motoren, um dem Bergbaulehrpfad am Kranichsberg einen Besuch abzustatten.

Trotz Schutzhelm und Vorsicht, knalle ich mit meinen 204 Zentimetern Körpergröße immer wieder gegen irgendwelche Stützbalken. An eine Fahrt mit dem Grubenexpress wage ich nicht zu denken; so klein kann ich mich gar nicht zusammenfalten. Außerdem juckt's schon wieder in der Gashand, da kommt das kurvige und steile Teerband hinauf zur Stabkirche in Hahnenklee gerade recht. Der ganz aus Holz errichtete Sakralbau wurde dem norwegischen Stil nachempfunden und gleicht dem umgedrehten Rumpf eines Wikingerschiffs.

Die Westharzstraßen ähneln sich, perfekt ausgebaut, schnelle Kurven, wechselnde Höhen von 300 bis 800 Metern, bieten aber nur selten einen weiten Blick ins Umland.

Wir stoppen in der alten Kaiserstadt Goslar, die ihren Reichtum aus den Bergwerken holte. Der Ortskern beherbergt mehr als 100 mittelalterliche Häuser, als Glanzpunkt gilt der historische Marktplatz. Bei Kaffee und Kuchen unterhalb der Prachtfassade des altehrwürdigen Hotels Kaiserworth genießen wir das rege Treiben. Nur einen kleinen Spaziergang entfernt, wartet die Kaiserpfalz. 1000 Jahre hat sie auf dem Buckel und war einst beliebter Treffpunkt des Adels an Reichstagen.

Harzer Wasserregal

Fast so alt wie die Kaiserpfalz ist das zum Weltkulturerbe gehörende Bergwerk Rammelsberg. Hier wird das Harzer Wasserregal vorgestellt: Das beliebte Mittelgebirge gilt nicht umsonst als Regenfänger; die vom Atlan-

Vor 1000 Jahren war die Goslarer Kaiserpfalz das Zentrum des Reiches von Heinrich II.

tik herannahenden feuchten Luftmassen erleichtern sich, um am Westrand aufzusteigen.

Schon früh nutzten die Bergleute das in den so genannten Oberharzer Teichen gesammelte Regenwasser als Energiequelle für Pumpen und Hammerwerke. Die Bergwerksschächte reichten einst bis in 500 Meter Tiefe, als Arbeitszeit wurde aber nur die Anwesenheit im Stollen bezahlt. Für das anstrengende und langwierige Ein- und Ausfahren über Leitern bekam der Bergmann keinen Lohn.

Findige Ingenieure konstruierten ein über Wasserräder angetriebenes Aufzugssystem, die „Fahrkunst", das diesen Missstand abbaute. Mit Beginn der Industrialisierung und dem steigenden Strombedarf wurden im Harz größere Stauseen angelegt, die bis heute Energie und Trinkwasser für die gesamte Region liefern.

Wenig Fahrspaß vermittelt die Etappe über Oker nach Bad Harzburg, wäre da nicht der Abstecher zur Okertalsperre, die zu den größten hiesigen Wasserreservoirs zählt. Der Bau wurde schon 1938 begonnen, aber die Kriegsjahre verzögerten die Fertigstellung um fast 20 Jahre. Spötter bezeichnen die weit verzweigte Wasserfläche als Vierwaldstätter See des Harzes. Der von Motorradfahrern gern besuchte Anziehungspunkt bietet zahlreiche Möglichkeiten für den kleinen oder großen Pausensnack.

Bikertreff mit Aussicht: Torfhaus und der Brockenblick.

Hunger brauchen wir im Harz nicht zu fürchten, denn auf den beliebtesten Kurvenstrecken findet sich immer irgendwo eine Gulaschkanone am Straßenrand. Dann heißt es „harzhaft" genießen.

Hochprozentige Spezialitäten

Zwei ganz besondere Spezialitäten müssen aber bis zum Abend warten: Die bekannten Liköre „Schierker Feuerstein" und „Harzer Grubenlicht". Während beide Kräuterschnäpse 35 Prozent Alkoholgehalt aufweisen, wurde der erste vor über 100 Jahren von dem Apotheker Willy Drube im Ostharz kreiert, der andere fast zur gleichen Zeit von einem findigen Unternehmer im westlichen Bad Lauterberg.

Hinter Bad Harzburg entpuppt sich der Radauwasserfall als echter Lacher, weil er seinem Namen so gar keine Ehre macht. Ab südlichem Ortsrand steigen Straße und Drehzahl wieder kräftig an, doch Vorsicht: Die beliebte

Zwei, die sich verstehen: Hexen im Dialog.

Strecke nach Braunlage ist mit Radarfallen gespickt, denn am Torfhaus ist jeden Tag Bikertreff. Der Parkplatz bietet neben Frittenbuden und Benzingesprächen den besten Brockenblick. Der 1142 Meter hohe Gipfel hüllt sich häufig in Wolken und gilt als Heimat der geheimnisvollen Harzhexen, die erstmals im 17. Jahrhundert erwähnt wurden.

Später sorgte der alte Goethe dafür, dass der Blocksberg, wie der Brocken auch genannt wird, weltweit als mystische Hexenbasis bekannt wurde. Heutzutage gibt es die bei Kindern beliebte Hörspielreihe „Bibi Blocksberg“ und die Bücher „Die kleine Hexe“ von Otfried Preußler.

Richtiger Riecher

Das ganze Mittelgebirge steht Kopf und ist zum Fürchten verkleidet, wenn die berüchtigte Walpurgisnacht, die Nacht auf den 1. Mai, gefeiert wird. Mit meiner ganz persönlichen Hexe auf dem Rücksitz reite ich über Braunlage und Bad Lauterberg zurück zum Hotel. Als wir die Helme vom Kopf ziehen, sind wir uns einig: Mit unserer Tour zwischen Weser und Westharz hatten wir den richtigen Riecher. Und dann war da ja noch die Flasche Kräuterlikör im Topcase. Der muss probiert werden. ◂

TOUREN-STECKBRIEF

STRECKENLÄNGE 480 Kilometer

ROADBOOK Gieboldehausen, Einbeck, Bessinghausen, Holzminden, Uslar, Herzberg, Silberhütte, Bad Grund, Goslar, Bad Harzburg, Braunlage, Gieboldehausen

CHARAKTERISTIK Das mit unzähligen Kurven gesegnete Terrain Solling und Vogler stellt keine allzu großen Anforderungen. Für die gewundenen Bergetappen des Westharzes sollte die Maschine aber gut beherrscht werden.

ATTRAKTIONEN **Einbecks** wunderschöne Fachwerkfassaden und das Mobilitätsmuseum PS.Speicher (51.81812, 9.86720), die hölzerne Stabkirche in **Hahnenklee** (51.85684, 10.34030), die historische **Kaiserpfalz** in Goslar (51.90337, 10.42545) und das Weltkulturerbe **Bergwerk Rammelsberg** (51.89046, 10.41808). Ein Besuch des **Bikertreffs Torfhaus** (51.80146, 10.53706) darf nicht fehlen.

UNTERKUNFT Nur wenige Gehminuten von der Fußgängerzone Bad Lauterbergs entfernt, bietet die vom Inhaber geführte Pension Waldfrieden einen tollen Blick über den Ort, reichlich Abendsonne und eine himmlische Nachtruhe. Der Wirt fährt selbst, kennt die Region bestens und hat prima Tourentipps parat. **pensionwaldfrieden.de**

Hameln
B 217
Coppenbrügge
Hildesheim
B 444
Salzgitter
A 39
A 395
Salzhemmendorf
Emmerthal
Schladen
Stötterlingen
Bodenwerder
Duingen
Alfeld (Leine)
Bockenem
Vienenburg
Lamspringe
B 6
Delligsen
Holenberg
Eschershausen
Langelsheim
Goslar
Bad Harzburg
Seesen
Polle
Stadtoldendorf
Stroit
Lautenthal
B 64
Bad Gandersheim
Holzminden
B 445
B 497
Einbeck
Bad Grund
Clausthal-Zellerfeld
Wernigerode
Höxter
Dassel
Kalefeld
Elbingerode (Harz)
N.P. Harz
Silberborn
Fredelsloh
Drüber
Osterode
Boffzen
B 83
B 3
Braunlage
Northeim
Silberhütte
Beverungen
Dorste
Tanne
B 24
Uslar
Hattorf
Lauenförde
Bad Karlshafen
Hardegsen
B 446
Herzberg
Lütgenrode
Nörten-Hardenberg
Bad Lauterberg
Gieboldehausen
Bad Sachsa
Oberweser
Adelebsen
Bovenden
L 523
Göttingen
Bockelnhagen
15 km

Ahrenshoop 88, 89, 92
Angeln 7, 58, 61, 63, 64
Ankum 13, 20
Arnis 67, 68
Aschberg 60
Aurich 26, 31, 32

Bad Bederkesa 37, 44
Bad Grund 123, 126
Bad Harzburg 125, 126
Bad Lauterberg 125, 126
Bad Karlshafen 106, 112, 116
Barßel 31, 32
Bessinghausen 121, 126
Binz 97, 98
Bodenwerder 109, 115, 116
Bourtange 17, 18, 20
Bremen 28, 36, 42, 108
Bremervörde 36, 40, 42, 44
Brunsbüttel 53
Busdorf 60
Buxtehude 48

Cuxhaven 36, 44

Darß 89, 92

Einbeck 120, 121, 126
Elmshorn 55, 56
Emden 30, 32
Eutin 73, 80

Fehmarn 7, 70, 75, 77, 78, 80
Flensburg 64, 65, 66, 68
Flensburger Förde 58, 64
Fürstenau 14, 20

Garz 97, 104
Gildehaus 15, 20
Glücksburg 65, 68
Glückstadt 49, 50, 54, 56
Gnitz 103, 104
Goslar 125, 126
Greetsiel 30, 32
Greifswald 97, 101
Groningen 18, 28
Großefehn 25, 26, 32
Großenbrode 75, 80

Hahnenklee 124, 126
Haithabu 60, 66, 67, 68
Hamburg 32, 36, 44, 47, 49, 50, 51, 56
Hameln 108, 109, 116
Hanau 108
Hannoversch-Münden 110, 116
Heiligendamm 85, 86, 92
Heiligenhafen 75, 80
Herzberg 123, 126
Hiddensee 100
Himmelpforten 41, 44
Hohwacht 78, 79
Holsteinische Schweiz 70, 73
Holzminden 110, 122, 126
Hooksiel 27, 32
Horneburg 48, 56
Höxter 112, 113, 116
Hülsenberg 48
Hümmling 12, 13

Iselersheim 37

Jasmund 97, 98
Jever 26, 28, 32
Jork 50, 56
Juist 27

Kaköhl 79, 80
Kap Arkona 98, 100, 104
Kappeln 61, 63, 67
Karlsminde 61
Katzow 104
Kellersee 73, 74
Kiel 40, 53
Kieler Förde 72
Kirchnüchel 74
Kleinenberg 115
Klein-Zicker 97
Klützer Winkel 84, 92
Kollmar 56, 55
Kosel 66
Koserow 103
Kreiensen 120
Kühlungsborn 86, 92
Kummerfeld 51

Laar 17, 20
Langballigau 64
Lamstedt 37, 44
Langeoog 27
Langes Moor 37
Lassan 104
Lebbin 100, 104
Lebrade 80
Leer 24, 32
Lemkenhafen 78
Lensahn 74, 75
Leschede 14
Lieper Winkel 103, 104
Lindaunis 66, 68
Lintig 37
Lohme 98
Lolland 77
Logabirum 25
Lübeck 83, 84
Lütjenburg 72, 79, 80

Maasholm 61, 63, 68

Malente 73
Marienhafe 28
Mark 24
Mattchow 100
Mellenthin 103
Merzen 14
Minden 108, 116
Missunde 66
Mittegroßefehn 25
Mön 100
Mönchgut 97
Moorausmoor 37
Münden 108, 116

Neuendorf 53
Neuhaus 40
Neuharlingersiel 22, 32
Nistelitz 97
Norden 28
Norddeich 27, 28, 32
Norderney 27, 28
Northeim 120
Nübelfeld 64

Oedelsheim 110
Oerel 38, 44
Oker 125
Oldenburg 13
Oldendorf 42, 44
Osnabrück 13
Osterode 123
Ostholstein 7, 70, 74, 75

Papenburg 12, 18, 19, 20, 24, 25, 32
Peenemünde 103, 104
Petersdorf 78
Poel 85, 92
Porta Westfalica 108, 116
Pilsberg 79, 80
Pinneberg 51, 56
Plön 68, 76
Pötenitz 84, 92
Prerow 89
Putbus 96, 97, 104
Puttgarden 75, 77

Rammelsberg 124, 126
Rathjensdorf 72
Remels 31
Rinteln 108
Rixdorf 80
Rhede 20
Ribnitz-Damgarten 91
Rødbyhavn 77
Rostock 91
Rügen 7, 94, 97, 98, 100, 101
Rühler Schweiz 109

Saaler Bodden 91
Sababurg 110, 112
Samtens 101
Sassnitz 98, 104
Schiffdorf 38
Schlei 66, 67, 68
Schleimünde 63
Schleswig 49, 60 ,66, 67, 68
Schmiedeberg 86
Schuby 65, 68
Schüttorf 14
Schwansen 7, 58, 61, 63
Selent 80
Sielbeck 74
Silberborn 122
Silberhütte 126
Småland 73
Sögel 13, 20
Solling-Vogler 109, 119, 126
Sonnenberg 123
Spiekeroog 27
Stade 42, 48, 50, 56
Stove 85, 87
Stralsund 83, 84, 101, 104
Streckelsberg 103
Suddendorf 15
Südbrookmerland 31
Surwold 12
Swinemünde 103

Ter Apel 16, 18
Ter Haar 18, 20
Theresienhof 72
Timmendorf 85, 92
Travemünde 92

Ummanz 95, 100, 104
Usedom 7, 94, 101, 103, 104
Uslar 119, 122, 126

Viborg 55, 66

Wangerooge 27
Warnemünde 86, 92
Waterkant 34, 70
Wilhelmshaven 27
Winnemark 67
Wischhafen 49, 54, 56
Wismar 85, 92
Wittmund 26, 28, 32
Wittow 98, 100, 104
Wolgast 101, 103
Wustrow 86, 88, 92

Zingst 90, 92
Zudar 96, 104